侯志明 著

少点精致的俗相

四川文艺出版社

图书在版编目（CIP）数据

少点精致的俗相 / 侯志明著. —成都：四川文艺出版社，2021.1
ISBN 978-7-5411-5859-9

Ⅰ.①少… Ⅱ.①侯… Ⅲ.①散文集－中国－当代 Ⅳ.①I267

中国版本图书馆CIP数据核字（2020）第270892号

SHAODIAN JINGZHI DE SUXIANG
少点精致的俗相

侯志明 著

出 品 人	张庆宁
责任编辑	周 轶
封面设计	叶 茂
版式设计	史小燕
责任校对	段 敏
责任印制	桑 蓉

出版发行	四川文艺出版社（成都市槐树街2号）
网　　址	www.scwys.com
电　　话	028-86259287（发行部） 028-86259303（编辑部）
传　　真	028-86259306

邮购地址	成都市槐树街2号四川文艺出版社邮购部　610031			
排　　版	四川胜翔数码印务设计有限公司			
印　　刷	成都勤德印务有限公司			
成品尺寸	147 mm×210 mm	开　本	32开	
印　　张	7.625	字　数	160千	
版　　次	2021年1月第一版	印　次	2021年1月第一次印刷	
书　　号	ISBN 978-7-5411-5859-9			
定　　价	48.00元			

版权所有·侵权必究。如有质量问题，请与出版社联系更换。028-86259301

旧书记，新文章

阿 来

《单位来了新书记》，是我给侯志明第一本散文集作序时的题目。

如今忽忽三年过去，新书记已经有点旧了，成了侯书记。那当然是正式场合叫的。在非正式的场合，有一天我突然警觉，怎么我不经意都称他老侯了。他比我年轻几岁，又在单位替我抵挡许多冗杂事务，我想这是表示熟稔和随之而来的亲切感的意思。

第一本书出来以后，这位前新华社记者便新作频出，不断在一些重要报刊发表。有时听见周围人议论，都是说，他写得越来越好了。虽说不是发表的全部作品，我也挑恰好在手边的读过几篇，也和夸他文章的同行是同样的感觉。至于说私下有没有和他表达过这个意思就不太记得了。

三周前了，老侯来我办公室，送一本打印稿，拿在手里沉甸甸的，很有些分量，是他新集的文稿，说是要出第二本书了，依然要我写打头的叫作序的文章。

这下子就不是茶余饭后，或者某个时间闲聊时不经意的评价，弄得人要皱了眉头端坐着，想些正经话说。用四川话，就叫作："拿话来说。"

这本新文集书名叫作《少点精致的俗相》，参阅他后记中的夫子自道，原来，其意思是靠写作来"修炼"，以摆脱"俗相"，或超越人生庸常，"高山安可仰，徒此揖清芬"。

人生嘛，自古以来开门七件事：柴米油盐酱醋茶。今天时代物质大进步，还加上房子车子票子和别的什么子。物欲层叠累积，不俗也难。何况大大小小的单位，都有剪不断理还乱的办公室小政治，大多数时候也让人看到人性的弱点。在此情形下，文化的功能也主要变为让物欲重压下的人轻松一下，娱乐一下。所以，这时要以文化脱离"俗相"，也就成了有标高的追求。虽说自古以来，文化是引导人追求高尚品格和雅正审美功能的，但不得不承认，眼下，我们目睹的是这种功能的大面积弱化。于是，单单这个题目就让我有点严肃起来了。

这本文集的文章，我是分为三类的。一类，忆旧，以家庭亲情和怀乡为主；一类，是访人写人，相当于记者的深度报道；再一类，游历记，到了作家协会，工作性质决定常常有带任务与不带任务的游走，或者看好风景，或者观摩新现象新事物。

第一类文章，好与不好，修辞之外，重点在于一个情字。感情饱满与否，真切与否，决定文章的高下成败。在这本文集中，这类文章占了多半篇幅，每篇文章，或长或短，字里行间，都是有真挚的深情自然流露的。情的真切与深挚，还带来了一个修辞上的好处，不论着墨浓淡，都能收到去除雕饰，朴素自然的行文效果。老侯自己总结为文"三真"，真情肯定是第一要义。

第二类文章篇幅不多，相当于新闻报刊上的深度专访。对象是曾经的风云人物，比如氢弹之父于敏，比如曾创造长虹奇迹的倪润峰。两篇文章与常见的人物专访又有所不同。不同之处在于加了一重对当时访问情景的追忆。时光流逝，洗去了什么，又留下了什么？过去的辉煌，今日的沉静，两相叠加，可以悟人生，悟命运，也是让人去除俗相的好办法。

第三类文章，大家都去游历，各人都有选择性看见。看见什么，又能了悟什么，就有点高下与雅俗之别。这个"别"是种区分，也是种鉴别。"年年岁岁花相似，岁岁年年人不同。"所有不同都从同中来，所有同中又可以看见种种不同。老侯是下了探幽抉微的功夫的，是力争要在看见之外还有看见的。

最后想说一点，这三类文章的结集，通常会被叫作散文集。这就牵涉一个基本问题：散文是什么？所以有此一问，是因为很多时候，散文已经被一些写作者弄得很狭隘了，弄成了一个与诗歌、小说、剧本等体裁相对应的一种文体。但散文应该是更宽泛更广大的。很高兴看到，单位的这位已经有点旧的书记提笔为文时，只是感到有话要说，就服从这个愿望把内心话说出来，有事说事，有情抒情，有理论理，有话则长，无话则短，行于所当行，止于所当止。此种写法，已经避免了某种固定程式散文"精致的俗相"。更不要说，书写经验，行文中又争取超越经验，这也可以视为其"时时检点自己俗相"的可靠途径。应该鼓掌。

古人诗说:"文章乃余事,学道探玄窟。"余事是小的,但借此要"学道",要超越日常生活层面,试图洞时世事,来个时"探玄窟"就别有意义了。

有点旧的书记文章却有"日日新"的努力与成效,再次鼓掌。

目录

忆旧

3 灯如红豆

8 天地间有篇文章做不完

16 年的味道

22 我的老师们

26 倔强遥远的梦

30 摇曳的亚菊

34 饿的恐惧与饱的困惑

39 牛也号哭

47 复合之物

50　祖　制

54　童年野趣

访谈

63　脊　梁

106　本　色

138　棋　后

143　我和流沙河的两面之交

观景

155　四子王，一朵红格艳艳的花

161　穿过九寨的美景

173　孤独的扬州

178　成都的雨

182　梭磨河流过马尔康时
189　彭山，半得山水半得仙

文言

199　少点精致的俗相
　　　——答《华西都市报·当代书评》记者
205　三　真
211　进了左耳把它从右耳赶出
215　当悲悯在笔下流淌时
　　　——读阿微木依萝的《檐上的月亮》
220　人生无处不宽窄
225　蝙蝠的命运
227　平视人生

231　后　记

忆旧
Yi Jiu

灯如红豆

夏日炎炎的夜晚，我经常会在夜深人静后，走出卧室，走到阳台，点一支烟，看城市迷人的夜光。那夜光是由无数盏灯组成的。远处望是整齐、灿烂的，如安卧的长龙波光粼粼；近处看是柔和、恬淡的，如沉思的哲人忧郁静谧。望着望着，有时会掉下眼泪来。

是的，不止一次。

因为我总会想到童年、少年时陪伴我的那盏小油灯。那是一盏煤油灯，尺把半高。油灯结构之简单简直无法描述：下面是一个如老式的新华字典大小的木座，木座的中间是一根木棍，木棍的顶端是一个碗状的铁盒，铁盒里是一个小学生用过的墨水瓶，墨水瓶里倒上煤油，瓶盖上插一根圆珠笔芯粗细的铁芯，在铁芯里穿一根棉线，煤油浸润棉线，便可以点燃。在我的记忆中，这盏灯一直伴随我长大成人上大学离开家。

我们家兄弟姐妹五人，在那个困难年代出生的人，都品尝过生活的艰难。别的不说，就是一家人偶尔做件新衣和平时的缝缝补补，对母亲来讲就是一项繁重的劳作。冬天到了，要把单衣单裤洗净絮上棉花做成棉衣；夏天来了，要把棉絮掏出来洗净变成单衣。姐姐的衣服小了，要给弟弟穿，须把女装改男装；哥哥的衣服要给妹妹穿，又要把男装改女装。长的要改短，短的要加长，颜色不一样的还要浆染一致，母亲的辛劳可想而知。

春节前的母亲是最忙碌的。一进腊月就要夜夜坐在小油灯前，赶做新衣或者浆洗旧衣。白天辛苦一天，晚上还要干活到下半夜。有一天，我睡醒一觉，发现母亲还在灯前纳鞋底做新鞋，腿上盖着被子，身上披着棉衣。一手拿着鞋底，一手交替拿锥子和针线。先用锥子扎，再用针穿线，再在膝盖上使劲地勒紧。我看着看着，忽然看见她浑身一抖，把手里的东西一扔，然后用左手紧紧地攥住右手的食指，斜倚在了窗台上。灯仍然在嗤嗤地发着光，没被吹灭。我知道她还会起来，我就没吱声，静静地等候着。果然，过了五六分钟吧，她又坐了起来，拿起没做完的活儿。我想过去搂住她看看扎伤的手，想劝她去睡觉，但我一张口，说出的却是："妈，我要尿尿。"妈没有抬头，只是说："灯亮着呢，去吧。"尿完尿，我回转身，站在那儿，盯着母亲，希望她看我一眼，等来的却是："冷，快去睡，感冒了过不好年。"她仍没有抬头。"那你怎么还不睡？""快完了，一会儿睡。"在母亲的心里，为了孩子过年的新衣新鞋，这些活儿不但是定了量的，而且也是限了时的。年年如此。

直到今天，虽然比四十多年前好过了若干倍，但在我心中，那盏小小的油灯从没有熄灭。它渺小像母亲，它柔弱像母亲，但它明亮也像母亲，照亮的是我们艰难生活的每一天，并陪伴我们的生活一天天好起来。

后来，我们家又有了另一盏油灯。那是一盏玻璃底座、玻璃肚子、带了玻璃灯罩的油灯。它不但比我家原有的那盏灯好看，而且也明亮。更主要的是它有个调整亮度的开关。这是父亲做了生产队会计，村里给买的。因此，虽然我们很喜欢，但除了父亲，我们从来没有人擅自去用。所以，我印象中的这盏灯总是和父亲联系在一起的。自从有了这盏灯，我们总希望父亲天天计工分，天天整理账，天天点亮这盏灯。那样不但整个家里会明亮很多，而且我们可以蹭亮光看书写作业。有一年的年底，父亲又点亮那盏灯，开始给人们算账，我又蹭光写起作业，写完我就去睡了。但我睡醒一觉，发现父亲仍然在翻本子打算盘。冬天天冷，他一会儿呵手，一会儿跺脚。眉头紧锁，仿佛遇到了什么大事。看着父亲着急不安的样子，我便从被窝里伸出头问：

"爹，咋了？"

"没咋。"他也没有看我。

"没咋，那咋不睡？"我又问。

这时他转过脸，看着我说："有两毛钱，对不上账。"

"多了还是少了？"我接着问。

"多了。"他说。

"多了，那好呀！"我说。

他又转过头并拧小灯火，走过来坐在炕沿边摸着我的脸：

"不知道给谁少算了，两毛，一个壮劳力两天才能挣到。"

在我心中，那盏小小的油灯也从来没有和父亲分开过。它教给我认真、公道、善良地对人对事，遇有疑难，遇有诱惑，面对选择时推己及人，这样就一定会受人尊重，更不会步入歧途。

1982年，我上了高中。虽然那时学校有了电灯，但晚上是要定时关灯的。为了在教室关灯后能多学习一会儿，很多同学都备了一盏小油灯。我也不例外。上了三年高中，如果说有几件东西是不能离开的，那么，这盏小油灯就是其中之一。多少次，当冬天的寒冷冻得我手不能拿笔、想放弃的时候，是这盏小小的灯给了我些许的温暖。当笔中的墨水冻得不能写字时，是这盏灯帮我融化。假如不曾有小油灯的陪伴照耀，我想在我们那个连老师都配不齐的学校，我是无论如何都不会考上大学的。尤其难忘的是，有一个冬天的早晨，我带了灯去教室背书，可是只过了一会儿就油尽灯灭。正在我不知如何是好时，一个与我坐得不远的女同学将她的灯推到了我的面前，自己站起来走出了教室。这一举动是我万万没想到的，因为在那个年代，男女同学是连话都不说的。何况这个女同学是我们男生认为最丑，且经常被嘲讽的，而且她也应该是意识到了的。那一刻，我大吃一惊。从那天起，我似乎懂了，真正的美丽和善良、正直、勇敢等都有关，但唯独和外表、长相无关系。

其实直到20世纪90年代初，虽然村里安了电灯，但为了省电省钱，我家仍然点的是这盏小油灯。1990年夏天，我和爱人带了一岁多的儿子回去探亲。我本来怕生在城市的儿子不习惯，会哭闹，但出乎我意料的是，儿子非常喜欢这盏灯，一到晚上，便会围着这盏灯转，灯光会把他的影子投到墙上，使他觉得好玩，无比开心。天黑掌灯后，居然成了孩子最快乐的时刻。我原有的顾虑不但消失了，而且还为孩子喜欢这盏伴我长大的灯而感到欣慰。

四十年来，陪伴我长大的大大小小、形态各异的油灯，都已难得见到了。但它记录的时代进步、社会发展、改革开放的变迁是那样的清清楚楚，照耀我前行的路也是那样的明亮宽展，给我的启迪又是那样的深刻受用，甚至到了每每相思、常常感动、发痴发呆的地步。

"灯如红豆最相思"的前面还有一句，是"书似青山常乱叠"。把灯和书联系起来的这位诗人，忽然升华了我对灯相思的境界和品位。我觉得，多读点书，心里会点亮一盏灯，因为这盏灯，人的心里会少了阴暗多了光明，少了计较多了宽容，少了忌恨多了悲悯，少了浮躁多了深沉……

也许这是我相思灯的又一缘由或写完这篇短文后的意外收获吧。

天地间有篇文章做不完

人生天地间，总有一篇文章是做不完的，那就是关于自己的父母。时下流行一句话：年少不懂父母，懂时已不年少。其实未必。甚至第一个说出这句话的人，恐怕也还年少。

父

我曾经写过很多有关我父母的文章，但没有一篇能写出他们的全貌来，而且常常觉得越走近他们，越走进他们的心灵，就越陌生起来。为此我常常对自己憎恨不已。今天要写的依然是和父母在一起的一些点滴往事，但这些点滴，既像一把锤子，不停地击打着我的灵魂，又像一种药物，无声地注入我的血液。

2016年3月14日，又是在天府之国油菜花开的季节，年逾古稀的父母从冰天雪地的内蒙古来到四川成都。陪他们一起来的是他们的二女儿和小孙子。这是自我1999年入川后他们第四次来四川。前两次是绵阳,第三次是内江。由于考虑不周,没有提前给父亲定制轮椅服务,从下机到出口,他们走了很长时间。出机场时父亲是坐着行李车出来的。看到这一幕已使我心头发酸。从机场接父母到家,已近凌晨。为了让他们住得舒适,妻子和我早有约定:只要父母来,我们住小卧室,把主卧室让给父母。

大概是十多天以后吧,有一天晚上,我回家较早。看父母房间的灯还亮着,便走了进去。母亲坐在床边,父亲已经躺下。这次来,他的身体已明显大不如从前,轻微的脑梗和早期的帕金森综合征,已给他带来明显的生活障碍和精神障碍,白天没有人劝很少下楼,尽管电梯很方便。从外边回来,也很少坐下和人聊天,总是远离众人,或仰躺或独坐。见我进来,父亲也坐了起来。

我说:"爹、妈,来半个月了吧,哪儿也没去,明天周六,咱们出去玩玩吧!"

父亲没开腔,母亲问:"到哪儿?"

我随口推荐了几个地方,比如宽窄巷子、锦里、杜甫草堂、武侯祠、春熙路、太古里,我还介绍了每个地方看什么吃什么。

听完我的介绍,母亲没说话,父亲却直直地看着我(帕金森病的典型表现),坚决地说:"哪儿都不去!去你上班的地方看看。"

"去哪儿?"母亲或是没听清,或是不相信自己的耳朵,反问道。

"去他单位看看,他上班的地方。"父亲重复道。

"啊？啊！"这当然很令我吃惊，甚至有点不知所措！

去我单位？看什么？有什么好看的？我工作三十多年了，父亲从来不曾有过这样的要求，无论我在辽宁的虎石台还是沈阳，无论在四川的绵阳还是内江！他虽然去过这些地方，但从来没有提出过到我单位看看的要求，也从来不曾知道他的儿子具体在哪里上班，上班的地方是什么样。最多是闲聊时问问而已。我也从来没有想过带父亲去看看我工作的地方。他这样一说，我先是吃惊，继而有点自责有点心酸：其实父亲不管到哪里，肯定都有这样的想法，他没有说，可能怕给我添麻烦，可能觉得还有机会。但他这次断然决定，其实说明父亲的想法变了，他可能觉得这是最后的机会了，他不想错过，甚至不想考虑别人的意见。这是父亲少见的不征求他人的意见就做出的不容商量的决定。

我点点头："好，就去我们单位。您也确实该看看您儿子在哪儿上班，怎么上班的。好不好？"我逗父亲说。

父亲显然有点高兴。

第二天，我和妹妹陪同父母来到了我的单位。

周末的早晨，似乎整个城市都在睡懒觉，车辆稀少，人也不多，道路仿佛变宽了很多。天气也好，太阳朗照，风尘不动。

父亲很高兴，在我们这个号称电影公园、城市文化地标的园子里，一边走一边听我介绍，并不时问一些问题。当我面对父母回答他们的一些提问时，忽然生出一种异样的情绪：我给大大小小的官员、领导、老板、朋友介绍过若干次，但居然是第一次给父母介绍。真有点感受异常，心情复杂。是啊，我们一生中几乎天天要做很多重复的事,但有几件是做给父母的?比如参观,比如迎来送往,比如陪吃陪喝,甚至陪玩……而且在做这些事时总能保持虔诚、耐心、谦恭,和颜悦色,不厌其烦,但在父母面前可曾常常有过?

可能父亲感觉所到之处都值得留影,便主动招呼我们拍照,这在过去是少有的。

参观完园子,走进办公楼,缓缓地上到二楼,来到我的办公室,走进比他的房子还要大的办公室。父亲先是惊诧,继而这儿看看,那儿瞅瞅,这儿拍拍,那儿摸摸,然后坐到我的办公座椅上。

我倒了茶水递过去,他一边喝水一边看向母亲,良久才问:

"你想到过没?"

母亲说:"我做梦也梦不到!"

然后转向我,很严肃:"这么大的地方,都你管?"

我说:"是。"

"有多少人?"

"三千多人吧。"我回答。

父亲表现得很吃惊:"这么多人!"

我开始纳闷,父亲今天哪来这么多问题?

"他们都听你的?"父亲又问。

"我们是总公司,总公司下面还有分公司,分公司下面还有子公司。就像您有儿子,儿子也有儿子。您管到儿子这一层就行了,孙子们就让儿子们去管。"我近似开玩笑地回答着父亲的问题,"事是商量着做,他们听我的,我也听他们的。"

"有人管你吗?"父亲简直是在发连珠炮。

"有。上面还有管我的,再上面还有管我的领导的领导。"我在用绕口令的方式回答着父亲的提问。

"哦,有人管好!"他终于不发连珠炮了,语气缓了下来,并向后仰躺下去,长长出了一口气!

我和父亲很少有这样的对话,而且是拷问式的对话。

这是父亲第一次到我的单位,不承想也是最后一次。因此我至今难忘。

我甚至一天天地感觉到,内向的父亲,不爱多言的父亲,提出这样的问题,绝不是当时的即兴而为。这些问题肯定多少年来、多少个不眠之夜一直不停地啃噬他,一直反复地追问他,一直沉重地压在他的心头。他也肯定一直在找一个他认为特别合适的场合来提这些问题说这些话,难道还有比这更好的场合?它包含的意思我也一天天地深深理解了。一直以来我以为自己的进步只给父亲带来骄傲,其实同时也给父亲带去很多的焦虑、不安、操心。他问母亲的那句话,其实也是在问我!他哪儿都不去就想来这里,说明他此行早已确定。即使我不问,他也会提出来,所以才那样地毅然决然。在提完这些问题后长长地嘘的那口气,也许在他的胸中郁积多年,甚至是从他觉得儿子不再是一个"普通"儿子那天起的!而我似乎从来不曾想到过。

唉,父亲,您有多宽的胸怀,能装这么多东西,一装就是几十年?您有多重的心思,能考虑如此细微?句句含情,深明大义!

父亲，如此让您操心，儿子情虽不堪，但深知何为幸福！

母

4月10日是周日。父母买的是从成都回呼和浩特的火车票。

陪同他们回去的是他们的二女儿和女婿。

在他们的催促下，我早早地把他们送进车站。人很多，只能在老弱病残的专休区休息。一小时后才检票，我把他们送到检票口，看着妹妹妹夫背着大包小裹，父亲艰难地拄着拐杖，母亲小心地跟在后面，慢慢地消失在长长的通道，我才悻悻地走出车站，独自开车回家。车载广播正在播放叶塞宁的诗：

> 我离别了可爱的家园
> 把淡蓝色的罗斯抛下
> 池边三星般的白桦林
> 把老母亲的忧伤融化
> ……

想着父母一年比一年艰难的行走，不禁悲从中来，流下眼泪。

回到家，我坐在餐桌前，准备倒一杯水喝。当我端起水壶的那一刻，发现水壶下有一个皱巴巴的信封，我急忙打开，里面是一沓厚厚的钱……

父母是地地道道的农民，几乎没有额外经济来源，这几千块钱，除了他们平时的积攒，大部分是此行亲家和晚辈送给他们的，但他们分文未取留给了我。我一时泪如泉涌，拨通了母亲的电话。

我不知道说什么好，语无伦次地说：

"妈，你的钱……"

电话那头传来母亲的声音："什么钱啊？"

"壶底下的信封。"我泣不成声。

"哦，你们添人进口，需要；我们老了，要钱做什么……"

"可是，你哪来的钱？你们更需要呀！"

"行了，忙了好几天了，好好休息休息吧！"

我还想说什么，母亲那头却传来"嘟嘟"的声音。

是的，我忽然觉得头疼欲裂，我想我是该好好休息一下了。

于是我端着水杯向卧室走去。刚进门，我就被眼前的情形惊呆了：房间一尘不染，床头整整齐齐的是我曾经摆放的书；床单已经洗过，平平整整地铺在床上；被子和被罩叠放整齐，各放一处；枕头枕巾平平展展；专用床垫、尿不湿等不见了踪影……母亲把所有"专用"的已经清理，把所有用过的已经清洗，把她作为一个母亲几乎能想到的、而儿女未必能想到的全部做了。

而他们住时，床头摆着各种药瓶药盒，内用外敷应有尽有；药的旁边是水杯、水壶；老旧的帕子是随身之物，晚上也会成为床头的摆设。还有牙签、挖耳勺……

床上有床单，母亲怕弄脏，一来就用旧衣服做了"专用"的垫子,白天收起来,晚上铺开用;枕头上本来有枕巾,但父母总要垫一层旧衣服,分明是怕弄脏,但她的理由是枕头低不好睡;纸尿裤、尿不湿之类的总要放到床下最里边,不让人看到;早睡觉,生怕影响我们的生活;醒得早但起得晚,坐在床上低语,也绝不走动,怕惊醒我们的懒觉……这些我都看在眼里。但时间长了,慢慢也就习以为常了。可是,当父母走后,在空荡荡的屋里,目睹这一变化,无论如何无法抑制自己的情绪。

我一屁股坐到床上,失声痛哭。

我第一次觉得父母是那样地熟悉,又是那样地陌生;那样地近在咫尺,又遥不可及;他们的无微不至常常让你心疼,也偶尔令你痛心……我渐渐感到,当你对一个人,包括你的父母,自以为无比熟悉了解的时候,其实你没有真正了解;而当你对一个熟悉的人,也包括你的父母,忽然感动陌生时,才是你真正熟悉和了解的开始。

呜呼,天下父母,在一日时时处处为子女着想;而天下子女,一生中有几天为父母着想?

天地君亲师,中国人耳熟能详,原因是这句话挂在中国人嘴上已有两千多年,意义之重大,自可想象。但这其中父母的生养是根本,深根蟠结,直到此时我才若有所悟。

父母这篇文章,生为人者,大抵是都需要做的!

年的味道

己亥的大年又从容不迫地向我们走来了。

一个外国朋友问我，过年，是一种什么味道？什么味道呢？我忽然觉得现在真有点说不清楚了，除了好吃好喝。能说清楚的是几十年前的味道，更准确地说应该是童年的记忆和味道。

我出生在内蒙古大草原一个偏僻的小山村。记忆里，永远是冬天的皑皑白雪，春天的肆虐风沙，夏秋脸朝黄土背朝天的汗滴。那里和外界联系极少，一年中除了平平淡淡的日子，很少有什么新鲜事或者大事发生。就连偶尔驶过一辆汽车、拖拉机，都会惊动全村的男女老少倾巢而出，到路边观看。在这样一个地方，过年，就成了一件十分重大的事件。因此，那些细节、那些快乐、那些滋味，基本是刻入骨髓、融入血液、相伴成长的。

过年，因为是一件十分隆重的事，每家每户甚至每个人都要做很长时间的艰辛准备。比如做新衣、做好吃的、大扫除等。这些说起来简单，但像我们这样一个七口之家，再加上爷爷、姥爷等，就算每人只做一件新衣裳，完全靠母亲一个人，也是一项浩大的工程。这些容空再说，今天只说一切准备停当后过年的一些重大活动和细节。

贴春联是过年前一件非常重要的事，家家要做，除了那些当年有过世亲人的家庭，一般是在除夕的上午。贴春联前是写春联。在我的印象中，买春联贴是城里人的事，农村人都是自己买了红色、黄色、绿色的纸来写。即使自己不识字也会拿了纸让别人写。那时村里少有的识字人也把给别人写春联当作一项义不容辞的事。我们家，我的父亲、伯父都是识字人，我就见过他们给自己和街坊邻居写春联。后来孩子们大了，多多少少都读了点书，这任务就由孩子们接了。我们兄弟姐妹们都写过。我记得我们家有一方砚台，圆形的，带盖儿，农村人用的笨碗那么大。每年用时，父亲就会从西屋的房梁上取下来，擦洗净，交给我们。墨是买的，不是如今的墨汁，多是固体的块状。用时需在砚台上倒了水慢慢地磨。这活儿是许多人干不了的，比如性急的人、爱干净的人、闻到墨香却觉得臭的人。因为要写很多，所以也算一个苦力活。就我们自己家，大大小小就要写二十多副。三间正屋，门上、窗户上都要贴就需要六副，还得配三个横批。还有粮房、牛圈、马圈、羊圈、猪圈、鸡窝，还有大门的里外，还有马车，等等。加上亲戚们的，加上不识字的邻里、村里人的，需要写好几天。说是好几天，实际上是好几个晚上。因为白天活多，家里小没地方。晚上搬个小桌子，点个小油灯，就可以写，写好了放地上慢慢干，因为家里温度低，写好的对联干得很慢，有时候需要小心地用嘴吹干。那时候，真正的难处不是这些，而是肚子里没有货，手头又没有书，不知道写什么。好在中央人民广播电台和各地的广播电台好像都了解我们的难处，那几天会天天播放春联，而且是反复播，让你记。我确实是靠了收音机才勉为其难地完成的。因为是自己记，也常有记错的时候。比如人家的对联本来是"天增日月人增寿，春满乾坤福满门"，我写出来的却是"充满乾坤富满门"，好在意思没大变，也就马马虎虎过了。这副自然是要贴到正门的，还要配上"出门见喜"的横批。

有时难的是根据不同的场合写不同的内容，比如，羊圈的对联，我记得大多数是"大羊年年生，小羊日日增"。大门上的对联多数时候是"门前车马非为贵，家有子孙不算穷"，在车上要贴"四通八达"，在房梁上要贴"抬头见喜"，等等。还有的其实难称对联，比如有的人家给爷爷奶奶的门上贴的是"过大年里响大炮，爷爷抱着奶奶笑"，还有一些完全是抄毛主席的诗，比如"宜将剩勇追穷寇，不可沽名学霸王""金猴奋起千钧棒，玉宇澄清万里埃"。但我写得最多的是"为有牺牲多壮志，敢叫日月换新天"。那时我真不懂什么意思，也不知道和春节有什么关系，只知道村人们都这么写，我便也写了。

写春联闹出过的笑话不多，但贴春联的笑话就不少。我一个不识字的远亲，请我写好对联后自己去贴，结果把"大羊年年生，小羊日日增"横批"六畜兴旺"贴在了家门上，就成了全村的笑话。还有一个不识字的孤寡老人，过年时来不及找人代写春联，就用碗底蘸了锅底黑在红纸上印了几个圆圈贴在了门上。这是听大人们说的，我没有亲见。但至少说明，在我们老家是无春联不过年的。

贴春联在我们家是一件十分艰难的事，因为那时春节的气温基本在零下十几度。要先用白面粉在锅里煮糨糊，煮好后趁热刷到墙上去，而且必须一个人刷一个人贴，还必须同步，否则糨糊一冻，对联就贴不上去了。虽然贴好春联，总是被冻得手脚麻木脸红鼻子痛，但看着满院花花绿绿起来，有了过年的气氛了，还是很高兴的。

记忆比较深刻的是跑大年。这是除夕一早的事，也是孩子们的事。这天一大早，所有的孩子们都要穿上最好的衣服，三五成群地约了，挨家挨户地跑。跑去干什么？当然只有一个目的，就是展示自己的新装，希望得到人家的夸赞。去了谁家，谁家的主人早知道孩子们的意图，也就不吝赞美之词。夸完了，还要给每人送上几块糖，让孩子们高高兴兴地来，快快乐乐地去。也有的主人家爱开玩笑，专门说谁谁谁的衣服不如谁谁谁的新，不如谁谁谁的好，惹得孩子们互相攀比后哭鼻子，甚至回家去和自己的父母哭闹。因为是逗孩子们玩的，谁家的大人也不会介意。上午的跑年直到跑完所有的人家才告一段落。这时已基本接近中午，各自回家吃饭。晚上掌灯后还要跑。不过这次跑的目的，是展示自己的灯笼好不好，展示自己的口袋里和别人有什么不同。比如，谁口袋里的糖多，谁口袋里除了糖还有花生、瓜子、柿饼、红枣、黑枣等。记得有一年，我穿了新衣服去跑年，一不小心摔了一跤，把新裤子划了一个铜钱大的洞。到了别人家，那家的主人不论我怎么解释，非要说我穿的是旧裤子。惹得我回家好一顿哭闹。晚上再跑年，我忐忑不安，不去吧又想去，去吧又怕别人说我的"烂裤子"。正在不知如何是好的时候，突然发现柜子里有一双新皮鞋（后来才知道是母亲买了多年一直没舍得穿），我灵机一动就偷偷穿到了脚上跑了出去——尽管很不合脚。而且到谁家总把脚抬得高高的，生怕别人看不到。和女孩子不同的是，好多男孩子除了在别人家展示自己的新衣服之外，还要展示随身携带的鞭炮的多少，还要展示自己拥有的烟的多少。在我们小时候，过年，男孩子的烟是特许的，理由是他们要点鞭炮。试想，在这样一个偏僻的小山村，在白雪覆盖了的村子里，在沉寂得让人心慌的平淡日子里，忽然出现了这样一片穿红戴绿、花枝招展、笑声朗朗的风景，那该是多么让人感染、陶醉、兴奋和难忘啊！这些，现在看来真的是幼稚，幼稚得可笑也幼稚得可爱。但快乐也恰恰蕴含在这些可笑和可爱里。

谁说不是呢？否则，又有什么值得我们记住呢？

除夕夜吃饺子也有讲究，那就是要在饺子里包硬币。谁吃到谁就是这个家里最有福气的人。这当然是孩子们的把戏，没有任何意义的，只是在硬币吃出前，惹得孩子们不管吃得多饱，一直要抢下去。

初一上午，还有一项活动是记忆深刻的，家乡的父老把它叫作迎喜神。这也是一个相当隆重的活动。所有的人从家里出来，基本聚齐了，便会敲锣打鼓向喜神所在的方向进发，还要赶上村里的牛马。出了村，会在一个开阔地停下来，继续敲锣打鼓燃放爆竹。有的孩子淘气，便会在牛或马的尾巴上拴了鞭炮点燃，看那些小牛小马在爆竹声中疯也似的狂奔，便在开心的欢笑中结束了仪式。

这就是我忘不了的年的味道。也许有人会问，同样是过年，难道说这些年就没有味道了？我的回答是"有"，但这味道十几亿人基本只有一种了。不是吗？穿的是机械化生产的，品牌都是那么几个，谁家自己动手？吃的也是大规模标准化配方填鸭法的种养，而且分工越来越细化，细到一家店做出的面条连放几粒花椒、几滴酱油、几根面、几克水都定量。前些年还要你到超市选，这几年，一个微信送到床头，连送饭的人都标准化了，难道还能有什么不同味道？给长辈请安祝福的叩拜磕头成糟粕了，迎喜神也早被迎圣诞老人取代，我们的年还有什么呢？还能记住什么呢？又能传承什么呢？

当然，无论味浓味淡，年总是要年复一年过下去的。但年毕竟是中华民族头号盛大的节日，如何赋予这个最隆重的节日以丰满的现代意蕴和更多的历史优秀文化意味，也许不应该只是茶余饭后的一个话题。那样，我们能记住的就不只是童年的味道了！

我的老师们

　　每年的教师节，我总要花很多时间来回想我的老师，从小学一直到大学。而忽然想把一些老师们写下来，是这个教师节才有的冲动。这里记的是我的几位大学老师，有些对我是产生过很大影响的，有些却没有，只是忘不了。

一

　　我大一上课是在校园南边的一栋平房里，红砖青瓦，两边开着窗户，窗前是剪得非常整齐的冬青树，在举架很高的房梁上吊着两只电扇。全班共有45个人，15名女生，30名男生。因为是奇数，所以只有我一人是独坐一桌的，而且是最后一排。
　　记得有一天，一位姓王的老师来给我们上课，他上的是现代汉语课。课讲得如何现在已经记不清了，只记得他是哈尔滨人，聪明得秃了顶，普通话说得很好，而且到这所学校的时间也不长。上完第一节课,课间休息时,他从讲台上走下来,径直走到我的身边,坐在我旁边空着的座位上。他拿出一盒烟来,自己先叼上一支,也顺便抽了一支递给我。为他的这一举动我很是吃惊。他一边将烟点燃一边向我问话:

"你是旁听的吧?"

"不是。"为他的问话我又吃了一惊,但我还是认真地回答。

"那你是进修的?"他又接着问。

"不。"我摇了摇头。

"我刚从牡丹江调来,和系里许多人还不熟。那你是教什么的?"他接着自己解释道。

"我是这个班的学生。"听了此话,他开始吃惊,并把我上下打量了一番。然后深深地吸了两口烟,站起来向讲台走去。

从此,我才知道,那时的我已很"出类拔萃"了。

二

我们大一时的系主任叫吴孟复,是一位了不起的训诂专家,至今能在网上搜索到关于他的很多资料。他没有给我们上过课,但我听过他的报告会和专题讲座。他很矮也很瘦,总握着烟(讲课也不例外),身体看上去很弱。他讲课总是坐在讲桌后,旁边立一块黑板,黑板前站一位助教。他的皖南腔调很浓,不大听得懂,助教就把难懂的写在黑板上。同时把他所说的话的出处写在黑板上,以备学生们查证参考。那时他讲的课我虽然听不懂也谈不上收获，但我听了几次讲座，看见他出版了那么多书，朦朦胧胧地知道了什么是大学问家，他在我的心中树起的是一块至今无人超越的巨人式的丰碑。我参加工作后，曾和我的一位学训诂的博士同事谈起他，没想到我的这位同事居然先是怀疑、紧接着吃惊我曾是吴孟复吴老的学生。他说他读研究生时，许多教材就是吴老编写的。唉，看看现在那些名片上印着博导的教授，一张嘴就满口错话俗不可耐，一动笔就错字连篇不知所云，潜规则、性骚扰，愈使我怀念吴孟复先生了。

三

还有一位大学老师姓王，是教文艺理论的，高个子、大背头、变色镜、花衬衫是他给我永远的印象，或许也是他给几乎所有上过课的同学都留下的深刻印象。对他印象深刻和他的课讲得如何无关，而是因为他的幽默（姑且这样称）。我记得他曾一连三节课都在黑板上画了同一个像花生一样的图案。

"同学们，这是什么？"第一节课他这样问。

当然没人回答出来。

"记住了，这是个花生。"他自己解释道。同学们先是吃惊，继而大笑。

第二节课他又画了这个图，有点诡异地又问："同学们，这是什么？"

"花生。"同学们异口同声回答。

他笑眯眯地环视了一圈说:"错了,这是个油瓶!你们的思维太局限了。"

第三节他还是画了这个图,问同学们这是什么,这次有人说是油瓶,有人说是花生。他启发大家思维要发散不要固化,要大胆想象。他的反复启发自然没有得到回应,看同学们回答不出来,他便给出了答案:"这是个鞋底。"顿时前仰后合的笑声充满了教室。

直到今天,我虽拼命地琢磨也仍然没有领悟到花生、油瓶、鞋底的哲学含义,实在是愚笨得让老师失望。

还有一次,他带我们实习,和我们住在一起。晚上睡不着,便天南海北地聊。忽然,他给大家出了一个谜语,请大家猜一个字:"转圈不透风,十字在当中。"不等他说完便有几个聪明的、反应快的同学立即说"田"。他接着不紧不慢地说:"谁要猜田字,狗屁也不通。"惹得同学们哈哈笑。等大家笑过了他才说:"这是个繁体字,亚洲的亚。"他的幽默带给我们的快乐至今难以忘记。

倔强遥远的梦

我在很多文章中讲过，我出生在内蒙古乌兰察布大草原一个偏僻的小山村，全村不足二十户人家，九十多口人。

在村小，我大概经历过三位老师，都是男的。一位是我的堂兄姓侯，另一位是集宁来的一个姓王的知青，还有一位是邻村的Y老师。这位姓Y的老师，我独独要写他，并不是因为他比另外两位水平高讲得好，而是因为他有趣、可爱、笨拙、执拗，尤其是倔强，所以总是时时记起。

他家和我们村隔了一座不大不小的山，只有五六里远。我们在山南他在山北。也就是说，从他们村到我们村，先得爬二里多的山路，从山上下到我们村也要走二里多路。山虽然不大不小，但还是有点陡。除了步行，那个年代的交通工具都走不了，包括拖拉机、马车，当然也骑不了自行车。可是这位老师偏偏有本事买了一辆自行车。为什么说有本事呢？因为，在那个年代想买自行车的，光是不缺钱还不行，必须要有门路。所以谁家有一辆自行车那一定是一件值得夸耀的事，比现在谁家有宝马荣耀得多。

我们这位老师，可能觉得买了自行车如果放在家里不让人知道是一件愚蠢的事，所以他每天到我们村上课时，总要花不少的力气把这辆崭新的自行车推到山顶，然后用脚跋拉着地做摩杆（刹车）慢慢骑下来（放学后亦如是）。我们每天早晨到校做的第一件事也是最感兴趣的事，就是看他像耍杂技一样从山顶上下来。起初可能他很紧张，下来后让人觉得他很痛苦，见我们看他，一脸不高兴，有时还要找碴骂人。后来可能熟练了，表情不再痛苦了，见到我们才有了笑容。

时间长了，忽然有一天，我们有一位年龄十二三岁的男孩便问他："老师，自行车有摩杆（刹车）你为什么不用而要用鞋子做摩杆呢？"

这个事我们都注意到了，而且因为纳闷不免背后常常议论猜想，但没敢问。这位学生一问，当然也使我们想立即知道答案。这一忽然的提问老师当然是没有料到的，他怔怔地盯着这位同学足足有两分钟，然后说："你长大了一定是个败家子。"

我们被他盯了半天已觉得害怕，加上他这一说，都以为要挨骂，可是没想到的是他却说："这是新车，那么锃亮的车圈，一拉摩杆还不会摩出印子啊？"

哦，原来如此，我们像找到了考题的正确答案一样嘘了一口气，并对老师如此爱惜车子由衷感到敬佩。再后来，我们又发现他不用鞋跋拉地做摩杆了，取而代之的是脚踏板上绑了一块木板拖到地上做刹车。我们又问老师为什么，这回他很爽快，直接告诉我们："太费鞋，上个月磨坏两双。"

他话音未落，已惹得我们窃窃地笑了起来。

的确，他太爱他的自行车了，以至于他经常警告我们不要碰他的车子。每天来到学校，他做的第一件事便是将自行车放进教室旁边的一个放柴火的棚子里，以免风吹日晒，磕磕碰碰。

可是，有一天还是发生了一件不幸的事，大家都在上课时，一头找草吃的牛却悄悄钻进了棚子，把放在柴火旁的自行车踩了个弯弯曲曲。听见响声，老师立即跑出去，见牛正踩着他的自行车在吃草，顾不上多想，拽着牛尾巴就往外拉，牛突然受到惊吓，尥蹶子拉稀屎将他踢倒在地。等我们跑出来，见他仰躺在地上，从头到脚满身牛屎。他一边揉腿，一边骂："妈呀，赔我的自行车呀，快去找队长呀。"

那天是我们队长弄了一辆马车把他和他的自行车一起拉走的。那以后，我们放了十多天的假，老师再来时，就步行了。

Y老师中等个头，圆乎乎胖墩墩，方脸浓眉大嘴巴，可能因为说话有点磕巴的缘故，眼睛总比常人眨得快，尤其是遇到急事。

后来，究竟怎么想的不清楚了，他撂下一句"大男人岂能做孩子王"就辞职了。辞职后，买了一台拖拉机跑起了运输，冬天把煤炭从包头大同拉回来卖，夏天从呼市拉来瓜果换麦子，是否赚到钱不清楚，但我曾见过笨拙的他不小心把拖拉机开进河里。那年头，农村孩子们最开眼界、最爱围观的事便是城里来的汽车或拖拉机或者被冻打不着火，或者抛了锚，或者陷入河沟里。我就记得当时的他，裤管高卷，急得狠踹轮胎，结果脚趾出血，伤了自己，仍忙前跑后、满头大汗、骂骂咧咧！在我的印象中，由于他的笨拙、执拗、急躁，总把许多事做成一地鸡毛。最后还是我们帮着卸了东西，他才把拖拉机开了出来。

近年回家我经常向别人问起他的近况，说他仍然硬朗，仍不服老，仍然执拗，七十多岁了还养了一百多只羊，据说目标是做全县最大的养羊专业户。妻子反对，他就索性离婚。去年十月回家给父亲上坟，路过老师所在的村，三弟指着隔了一条沟壑的山坡上的一群羊和一个用厚厚的棉衣包裹着、拄着羊铲棒弯曲站立的老人，告诉我："喏，那就是你们老师！"

唉，这个一辈子不服输、不向命运低头的倔强的老人，据说小时候就放过羊。我无法理解羊在他心目中的意义。但从他倔强的性格中我想起海子的一句诗：

> 要有最朴素的生活和最远的梦想，
> 即使明天天寒地冻，
> 山高水远，路远马亡。

摇曳的亚菊

我出生于内蒙古乌兰察布这块辽阔而厚实的草原,虽然这里早被称作荒漠和半荒漠草原,但我如同所有的动物和植物一样,生长得快乐而任性,留下了许多美好的记忆和无尽的思念。

我七岁上学,小学一、二、三年级是在村小读的。全村不足百人,三个年级的学生加一起也就七八个。

四年级离开村小,来到庙后中心小学,这年我十一岁。这个学校离我家大概有四公里。

五年级那年刚开学,就来了一位姓L的女老师,教语文,也是班主任。她是我一生中遇到的第一个女老师,瘦瘦的、高高的,长辫子、单眼皮,十七八岁吧。

她是一位很勤奋的老师,除了上课认真,还利用课外时间,亲自刻钢板,给我们油印了一本课外读物,内容是汉语语法与修辞,这在教材都短缺的当时是难得的。就这一点足以证明她比别的老师勤奋认真,因此,她很受大多数学生的喜欢。

我尤其喜欢上她的课,喜欢到甚至希望所有的课都由她来上,或者每天只上她讲的语文课。

也许是因为我的语文成绩好,她当班主任几个月后,就让我当了语文课代表。课代表的任务就是每天收发同学们的语文作业。对我而言,我当然喜欢当这个课代表,而且我似乎也很得她的赏识,这从我当课代表后不久,她就总让我替她批考卷(主要是有唯一答案的填空题)、刻钢板就看得出。在那时,刻得了钢板几近于掌握了一门生存的技能。很多学校有专门的油印室,负责刻钢板油印资料。后来,连教室里的黑板报也基本由我来办了。虽然是偶尔刻钢板、办板报,但又强迫我必须字要写得比别人的好。这样一来,我在校的大多数时间放在了学语文和练字上,严重偏科,致使我除了语文,其他科基本难以及格。包括考大学时,除了文科类试卷,其他的都极差。今天回过头来看才发现,我那时读书,仿佛不是为自己,而是为一个对我好的老师,或者说我喜欢的老师。她对我的影响实在是太大了。

有一次是周六,那时的周六还只放半天假,我母亲要来供销社买东西,而到供销社又必须路过我们学校,我和母亲商量好,放学后在学校等她一起去。因此,那天中午,同学们全部走完了,只有我一个人坐在校园里等母亲。老师发现我没走,就过来问为什么,我如实告诉了她,她就离开了。过了大约十多分钟吧,她又忽然出现了,手里拿着一根筷子,筷子上挑着一个馒头。

"饿了吧?"她问我,面带微笑。

我摇摇头告诉她:"我妈一会儿来,会给我带吃的。"

可能是我的回答出乎她的意料："要是没带或者来晚了呢?"她侧着头,仍带着笑容。

"肯定带。"我低下头,不敢看她,更不敢看那个馒头。

"肚子都饿得叫了,嘴还硬?"她装出生气的样子把馒头塞到我的怀里便转身离去了。抱着这个热腾腾的馒头,我的眼泪扑簌簌地流了下来。

还有一次,本该上语文课,却出现了数学老师。他告诉我们,L老师生病了,语文课改数学课。虽然我们感觉突然,但也觉得并非多大的意外,人吃五谷杂粮,没有不生病的道理。但第二天第三天她仍然没有出现,于是晚上放学后,我便到她住的宿舍去看她。

我们冬天是寄宿在学校,我们的宿舍和她的住处隔着一排教室。我从宿舍出来,绕过教室,再拐弯,快到她住处时,看见她正要坐上一辆自行车的后座,一个陌生的男子精心呵护着。我的脚像被冻在了地上,一步也迈不开,呆呆地望着他们走出校门,越走越远,直至彻底从我的视线中消失,我才转身向宿舍走去。

我六年级那年,她考上了一所中专,离开了学校离开了我们。离开前,她曾来学校和全班同学告别,不少同学流下了眼泪,这眼泪足以证明她和同学的感情之深,对同学的影响之大。

那年的大概10月份吧,我收到了她寄来的一封信,信中,她告诉我她所读的学校和班级,记得是金融类。她希望我好好学习,将来能考个大学。我给她回了信,还花了五角钱买了一个硬壳的笔记本,写了一段话寄给她作留念,写了什么现在记不起来了。后来又通过几次信，她的信多是鼓励，我的信多是汇报。再后来信也越来越少了。她毕业分配到银行工作，也是听说，包括她成家。再后来我大学毕业分到了外省，就彻底断了音信。但近年来我每次回家，总要打探关于她的消息，有的说她仍在银行工作，有的说她身体不好早已提前退休……但都是听说，从来不曾得到过她的确切消息。

几十年来，我原以为把她忘记了，但近年来每年的教师节来临前后，总要想起她。

是的，想起她时，也常常想起草原上伴我长大的一种植物，名字叫三裂亚菊。它生长在荒漠草原，尤其是乌兰察布草原，是一种十分普通的植物，高不过二十厘米，却耐旱、耐寒、耐贫瘠。在寒冷的塞北，它是返青最早的植物之一。春雨润物，它会早早地绽放出灰绿色的叶，摇曳于草原，然后孕蕾、开花、结果，直到冬天来临，才会慢慢地枯黄。虽然并不高大、美丽，但它尽其所能，奉献了自己的根、茎、叶、花、果、干，涵养着草原，使其所生之地尽可能成为利用价值最高的优质牧场，滋养着牛、羊、骆驼这些草原的生灵。它又并不普通，在这片荒漠草原为数不多的植物中，它是植物学界认定的少而又少的建群种之一。它以自己瘦小的身躯、优秀的品质和当仁不让的精神，担当起传承优秀、护佑弱小、创造未来的使命。

俗话说一方水土养一方人，其实一方人也养一方水土。

我的这位老师，就是这方水土千千万万的养育者中的一位。她和亚菊同生草原，如此相似，普通而又不凡。

饿的恐惧与饱的困惑

我曾经因为饥饿而恐惧，如今却为饱食后正在慢慢淡忘的饥饿而困惑与恐慌。

饥饿，对于20世纪五六十年代以前出生的人来说多多少少是有些记忆的。之后的，除极个别外大概没有饥饿的概念了，原因是众所周知的。

有一种饥饿是一日三餐少吃了一顿或者是其中一顿饭没吃好引起的。这种饥饿是偶尔的暂时的，是人人有过的，更重要的是这种饥饿没有死的威胁。

我这里说的饥饿，或天灾引发，比如干旱、蝗虫等，或人祸造成，比如战争等，这是关乎生死的饥饿，是死亡相伴的饥饿。这种饥饿出现后，人们活着的唯一目标就是找到吃的活下来。

这种饥饿是一种什么滋味呢？经历过的人大概有一种共同的体会和感受：害怕、恐惧！

我出生于20世纪60年代，家里人多，小时候经常吃不饱，更不敢敞开肚子吃。那时的人，只讲饱不饱，很少有人讲好不好。所以在青黄不接的夏秋，吃过很多在今天人们看来根本不能吃的东西。所谓饥不择食吧。

比如有一种植物，老家的人把它叫作蓿麻。这种植物在我老家几乎到处可见，一丛丛地独立生长着，叶子有点像蓖麻，如果你不慎碰了它接触了它，皮肤会马上变得红肿，像被蜜蜂蜇了一样既痛又痒，难以忍受。所以连各种牲口都不吃它，也因如此，繁荣茂盛。但饥饿年代，它就变得值钱了。我们会戴了手套把它割回家，先挑嫩的用开水煮过供人吃，剩下的用开水烫后拿去喂猪。也许是没有油水吧，不但很难下咽，而且连吃两顿后大便都会困难，就是这种东西，一到夏天我们经常吃。

春天放学，我们会专走种过土豆的农田，捡拾遗漏的土豆吃，虽然是生的，但它经历了一两个冬天的冰冻和一两个春秋的风吹和一两个夏天的暴晒，会变得酥脆，成了放学后解决饥饿的少有的好东西。

当然还有当地名为沙蓬草和灰菜的野生植物，记得是春夏要吃其茎、叶，秋冬要吃其籽、粒的。基本上是以这些野菜为主，拌一些麸糠撒一点盐蒸熟了吃。饥饿已使人忘记了下咽的艰难。而死亡的紧紧相伴总使人涌起对大地的感恩！

这是我的记忆和经历。爷爷奶奶和父母比我惨，他们告诉我，曾经吃过各种树的叶子和草，甚至无法忍受饥饿时吃过一种名为"观音"的土。我特别留意过这种土，灰白色的、很细腻，如面粉，但毕竟是土！也听爷爷奶奶讲过中华人民共和国成立前饿死的亲人的惨状。相比之下，我便庆幸自己的出生时间了。

有时，我也偶尔把这段记忆和我了解的饥饿的可怕讲给自己的孩子或三十岁以下的年轻人听。在他们看来，这既是天方夜谭，也是杞人忧天。因此回答我的往往是：何不网购？何不点外卖？这种回答，令我想到司马衷的"何不食肉糜"。

我曾郑重告诉我的孩子，在饥荒面前，除了吃的，一切都将失去价值，包括我们人人放不下的名利、金钱！到那时，名利和金钱的价值，恐怕不及一苗白菜一颗土豆。

当然，我多么希望饥饿永远是天方夜谭！但我还是觉得，每个人必须记住饥饿的味道，有点饥饿的危机。当我们丧失了危机意识的时候，或许危机已经在向我们逼近。

在人类历史上，大饥荒几乎是和人类的发展共生的，而人类的历史并不乏经济繁荣技术进步的时期。中国也并没有例外。六十年前的那场延续了三年的困难时刻，灾难的阴影还一直留在年长者的心里，他们不但不敢忘记饥饿，而且至今谈饥色变。

一个人没有饥饿经历固然是好的，但不能没有饥饿意识，否则，永远不懂食物的珍贵。

有钱便可任性，我花钱我便有权去挥霍。一个开酒店的朋友讲，有一次来了一个富二代请客，懒得点菜，叫服务生照着菜谱全上。俗话说"惜衣有衣，惜食有食""家有千万，粗茶淡饭""饱时省一口，饿时来一斗"，如此"盛宴"，只怕有一天会无法任性的！

千百年来，我们的先辈以自己的生命为代价，为我们总结并留下了无数的生存经验和应对生存危机之道。他们说"存粮如存金，有粮不担心"。但是看看如今的人们，城里人的存粮没有一个家庭会超过一月，农村人的存粮，除非是种粮大户，也不会超过半年。过去的藏粮于民被国家储备取代，我不明白不让或者不鼓励老百姓自己存粮而国家要花重金储备有什么好处。眼下的情形是，种粮的越来越少，撂荒地越来越多，依赖进口越来越重，家家又不储粮，总觉得有点不大对劲不太踏实。何况我们过去就发生过储备粮造假、总理发怒的事呢！

《礼记·王制》说："国无九年之蓄，曰不足；无六年之蓄，曰急；无三年之蓄，曰国非其国也。"这虽古训，于今大体还是有点警示作用的。

今年新冠肺炎疫情期间，粮食问题一度成为网民关注的热点。我以为并非坏事。虽说粮食确实安全，也觉大有趁此机会教育国民培养珍惜粮食的意识的必要，尤其于年轻人，他们是民族的未来。

20世纪六七十年代的小学课本里有提倡节约粮节约电的内容，图文并茂，印象深刻，至今难忘。但如今的教科书已经没有这样的内容了。"节约"一词不提倡好像也颇有年月了，取而代之的是各种美食节、年货节、风味小吃节、千人席、万人宴，有组织地教人大吃大喝。

《朱子家训》里的一段话几乎所有人耳熟能详："一粥一饭，当思来处不易；半丝半缕，恒念物力维艰。"也是古训，教育了一代又一代人，今天也还是不要完全抛在脑后的好！

我曾经因饥饿而恐惧,如今,却因饱食后正在渐渐淡忘的饥饿而恐慌和困惑。

生而命贱,饿亦慌,饱亦惑,呜呼哀哉!

牛也号哭

我打小就和许多牲口打交道,所以很了解它们的一些习性。尤其是牛。初识牛的习性让我吃惊不已,终身震撼。

说这句话,可能有人觉得别扭,怎么打小就和牲口打交道?

是的。小时候,我们家正常的年份,鸡能有十多只,兔能有二三十只,羊能有十多只。尤其是猪,虽然顶多也就两头,但养的是母猪,一年生一窝,一窝就有十多头。包产到户后,原来集体的马、驴、骡、牛等又分给了各家,我们家就又多了一头牛一匹马。后来也养过驴和骡子。整天在一个大院子里,而且,我们这个年龄,从小就得放猪,放羊,放牛马。所以说,我打小就和牲口打交道,直到我上大学离开农村。

当然,准确地说,在我们当地是不把鸡、兔当作牲口的,猪、羊勉强可以算。当地人说牲口主要指的是马、牛、驴、骡、骆驼这些大动物。我们家没养过骆驼。

我百度了一下"牲口",解释复杂得吓人。简单梳理:牲口是畜牧的俗称。泛指禽兽等动物，亦专指为人服役的家畜，如牛、马、驴、骡等；《说文》：牲，形声，从牛从生，古代供祭祀用的全牛；《周礼·庖丁人》：始养之曰畜，将用之曰牲，是牲者，祭祀之牛也。

看来我家不把鸡、鸭、兔甚至猪、羊算作牲口也是有理论依据的。

为什么要养活这么多牲口？那个年代过来人的都知道，为了生存。

养活这么多的牲口，也是件不容易的事。勤快的人家会越养越多，懒惰的人家只能越养越少。我们家属于前者。为了养活这些牲口，除了父母，作为孩子的我们也是出过不少力的。

比如养兔子吧，一开春，小草才露尖尖角，我们就会把兔子捉到有草的地方，用筛子、笸箩扣起来，让它们吃青草。吃光了再挪个地方。有时候草太短，吃不到，我们会用手刨掉一层土，再让兔子吃。养猪也是很劳人的，我记得从夏天到秋天，放学后，我们必须去打猪草。打满一笾筐很费事，往往要一两个小时，所以每周大概有几天，晚上必须去拔猪草，都是掌灯后才能到家。周六周日要打更多，要走出五六里甚至十来里的路。因为家家如此，所以近处早被打光，必须到很远的、一般人不去的地方。养羊最辛苦。从秋天开始，一边收割地里的庄稼，一边就得拔羊草。干了一天的活儿，虽然又饿又累，也不能空手回家，必须拔一捆湿草背回家，这捆草有多重呢？说形象点，如果没有人扶你，你自己是绝对站不起来的。背回家还得把它摊开晾晒；庄稼入场后能拔到的草基本拔完，我们会背着耙子，跟着大人去地里搂干草；干草搂完了，树上的叶子掉下来了，我们就去搂树叶子。总之，从秋天开始，就必须得给羊准备过冬的草。

在我的记忆中，牛马驴骡的喂养倒是不需要很辛苦。冬春，地里没有作物，白天它们可以自己去觅食。夏秋，怕它们作害庄稼，需得人放牧。冬天的晚上，也只是把小麦的秸秆切碎了喂。

尤其是牛，从喂养的角度说，是最省事最简单的。

它不像马，马只要不干活，或者说只要有空，就不住嘴地吃。干活时，在嘴够到的范围，总要叼一口，所以即使干活时也要给它戴上嚼子，而且要把它的头绷起来，让它低不了头。晚上它也从不躺下休息一会儿，总不停地吃。驴、骡也是这样。牛不同，它吃饱了就会躺下休息，一边休息，一边不慌不忙地咀嚼吃到胃里的东西。只是躺下的时候，会常常嘘一口气，仿佛要吐出一天的劳累或者心中的委屈。

牛有委屈吗？我曾问过母亲。母亲像叙述她亲自经历的事一样地告诉我：牛原来是天上的一位神，玉皇大帝看到人们为了活命，天天干活，很受罪很辛苦，就派了牛到人间传话：以后歇五天干两天。可是牛太笨，把玉皇大帝的话传反了，传成了干五天歇两天。牛回到天上，玉帝一问才知道牛把话传反了，十分生气，抬腿一脚踢到了牛嘴上，把牛的上牙给踢掉了。所以牛从此就没了上牙，只有下牙，而且被发配人间帮助人们干重活。牛很后悔很责怪自己的笨，一躺下就想起这件事，就要长长出一口懊悔的气。

母亲讲的，我虽然觉得不符合温柔敦厚的牛的性格，不相信，但觉得有意思，好玩，所以至今记得。

牛干活时从不贪婪地去找东西吃。因为没了上牙，突嘴笨舌，夏天的小草基本吃不到，冬天多数时候吃的也是最廉价最粗糙的小麦的秸秆。只有在春天耕种时活儿重了，才见父亲会给它加一点菜籽榨油后残留的麻饼。这时，我会看见它闭了眼，一边慢慢地咀嚼，一边流出口水来，想必那是珍惜感恩品味的口水吧。

除了牛，我没见过我们家养的其他牲口流口水。

鲁迅有句名言大家都知道，说牛吃的是草，挤出来的是牛奶、血。其实它吃的是所有牲口都不吃的草，干的是所有牲口不愿干的活儿或者说干不了的活儿。它给人的也绝不只是奶和血，甚至还有皮、毛、骨。

皮，自不须说，今天也没有几个人离得开。而许多我们今天不再用的，在我小时候是无法离得开的，我记得小时候我们家的许多用具都和牛的毛有关。比如冬天炕上铺的毡子，御寒的窗帘，过冬的棉袜子、毡靴子。蒙古人离不开的蒙古包，牛毛更是主要材料。连骨头我们家也从不扔掉，总要攒起来，拿到供销社换生活的必需品。

在我们的家里，有一个铁丝做的、像人手一样的东西，至今保存着。今天的人已不知为何物。但在那时，和我们一样的家庭几乎都有。

春天过后，牛要褪了旧毛换新毛，父亲会用这个工具从牛身上抓牛毛。抓下来，洗干净，晾干了，拈成线，然后织成大大小小的袜子。在我十几岁时，这些活儿便能做得得心应手，经常受到父母的夸奖。

一头牛能有多少毛？我没有概念，估计只能做几双袜子吧。由此可以想见，要做一块毡子或一块窗帘，靠一头牛是很难的，即使三五头牛，也要积攒几年的。日子的不易也就可想而知了。

牛也是我们家最大的帮手。它不但比马比驴能负重，而且也认干。比如耕地，我曾问父亲，为什么不用马和驴？父亲告诉我：牛，劲大，有耐性，好使唤。这也使我想起，三十多年前有一句耳熟能详的口号：做革命的老黄牛！

在我的印象中，不管是干活还是走路，牛从来都是不慌不忙，从来都是温柔敦厚，甚至有点温良恭俭让。我也见过牛发脾气，那是在被牛虻叮咬后。它会挣脱一切羁绊，哪怕是正在拉的犁，正在拉的车。它跑时会把尾巴直直地竖起来，不顾一切，直到甩掉它的敌人。就像我们平时说的脾气大的人发脾气并不可怕，可怕的是老实人发脾气，一旦发了，如雷霆万钧山崩地裂般吓人。牛有时候会这样，但很少见。即使这样，我认为它的性情也是最温和最通人性的。

我们家，从我记事起，杀过鸡杀过猪杀过羊，但从来不曾杀过牛。即使它们老了，老得不能再为主人干活了，父亲也从来没有把它们宰了吃。尽管那时我们家也缺吃得很，尽管当地的人都认为，老牛力尽刀尖死是牛理所当然的归属。当然，父亲也不会让它们不干活白白地终老。父亲会以很便宜的价格卖出去或者交换出去。这虽然对牛无意，但对饥饿年代的父亲、对我们这个七口之家来说，面对饿死的威胁，这样做也算不易。我们毕竟是个普通的家，普通的人，还没有修炼到君子不饮什么水不吃什么食的境界。

我们家不杀牛，并不意味着我们不吃牛肉。在大集体、生产队时，逢年过节，我们最欢喜的就是生产队杀牛宰羊。因为那是我们唯一可以吃肉的机会，可以打牙祭的时候，除此之外，别无他法，别无指望。

我就清楚记得，有一次，又要过什么节了，生产队又准备杀牛。这次杀的是一头个头不大，还在奶着一头不到一岁的小牛的母牛。它是一头黑色的、瘦瘦的、头上长着一对细小的角的牛，因为它的前腿跌断了，一天比一天瘦了起来，所以生产队决定把它杀了给大家过节。

早晨，当几个黑脸的汉子把它从圈里牵出来时，富有灵性的它，似乎意识到了什么，温驯的它忽然左突右蹦、前冲后踢起来，它似乎完全忘记了自己的一条腿已经残废，或者完全顾不上自己断了的、还在流着血的腿，表现得十分威猛。它可能觉得在脑袋都要掉的时候，流血算得了什么，一条腿算得了什么。它这一闹，许多人惊呆了，就连手里拿着刀的屠夫也有点胆怯了，满脸的横肉拧在一起，两只手也瑟瑟抖了起来，刀也掉到了地上。就在人们不知道如何是好时，这头牛突然又变得乖顺起来。它左瞅瞅，右看看，仿佛在求救，又仿佛在寻找它的孩子。就在所有的人不再喊叫，变得安静时，它昂起头"哞"地叫了一声，然后

"扑通"跪到了地上，接着，眼泪扑簌簌地流了出来……之后，它没再做任何挣扎。

那天，当我家把该分的肉拿回家时，我并没有往日的兴奋。我的脑子完全被那叫声、那眼泪和那一跪占据了，挥之不去。

直到中午，当牛肉在锅里快煮熟的时候，我听到外面传来异样的声音，像哭声，像号叫。

我推开门，走出院子，看见的是，牛群回到村里，正准备到井台饮水。在路过刚刚杀牛的现场，头牛或者看到了什么，或者闻到了什么，总之它发现了自己的同类自己的亲人的血，于是它第一个昂起了警觉的头，放声号叫起来。其他的牛，无论是嬉戏的，无论是低首缓行的，无论是正在喝水的，听到号叫，全部停下了脚步，一样警觉地昂起头，发出粗壮的、声音各异的号叫。有的牛还把脚深深地插入到土里，愤怒地将土抛向天空抛到背上。所有的牛先是号叫，继而号哭，此起彼伏，绕梁不绝……

那声音是那么独特，那么悲壮，那么揪心。是我不曾从任何其他牲口那里听到的。

多少年了，那声音仍然令我胆战，令我无法忘记，令我将人与牛、与牲口混淆。

近些年来，我也经常回到老家。一回到村里，还总想看看谁家仍养着牛。前几年，还偶然得见，近年来完全不见了。问其所以，有村民告我，现在土地流转，集约种植，机械唱主角了，人们不再养牛了。如是一想，便觉有点欣慰。

但是，自从我知道了牛不止会哭而且会号哭起，就一天天感觉到，牛一点不像牲口；一天天感觉到，牛更像人，或者说人有点像牛，人应该像牛。

2019 年 6 月 3 日

复合之物

最近重看了陈源斌原著张艺谋执导的老电影《秋菊打官司》，再次被主人公秋菊那种崇高的人格力量深深感染，心情难以平静。

这部影片吸引人的，除了艺术手法的新颖高明之外，我以为主要因为它在观众面前展现了崇高的人格力量的胜利。人格的重要是有胜于生命的，但在不同的生活境遇中人格又往往不同程度地受到歧视，甚至玷污，尤其是在蒙昧落后的地区。于是保全自己的人格，并以其力量去战胜邪恶战胜一切不公正，便成为人生一种不懈而艰苦的追求。

秋菊，因为自己的丈夫被村长踢了下身和村长产生了矛盾。秋菊想不通，村长怎么会踢人的要命处，她希望村长给个说法。这本来是秋菊朴素人格的正当要求，可村长却认为自己是村干部，不能向平民百姓道歉，于是矛盾产生了。这本是一个很小的矛盾，在乡公安人员的调解下即将解除。然而，当村长把两百元钱撒落在地上，让挺着大肚子的秋菊拾起来时，她的人格受到了极大的侮辱。她决心要找个说理的地方。于是她不惜钱财，不顾劳累，不怕肚子里的孩子受劳累的影响，从县告到市，告到中级人民法院。她这样做，绝不是为了什么利益，为了捞到什么好处（和今天的人很不同），仅仅只是为了保全自己的人格，为了自己的人格不受侵犯。在这一过程中，她受到过欺骗，受到过愚弄，然而不管遭受怎样的苦痛，在她看来都没有人格受到侮辱更令她难堪，更令她难以忍受。因此在整个过程中，她是那样地倔强，那样地百折不挠，那样地执着冷静。人格的力量就在这艰难的过程中显现它的崇高伟大，它的不可侮。观众也在这艰难的过程中被感染，在人格力量的感召下，进一步领悟生命的真谛。

最后秋菊终于胜了，村长被判输了官司，这是人格力量的胜利。如果作品就此结束，似乎也未尝不可，但就难逃平庸的命运。事实也的确如此，作者不但没有就此打住，而且作品真正有意味有价值的东西才开始展现。面对胜利本应开怀大笑的秋菊，在村长被拘留的事实面前惊呆了，甚至希望这不要成为事实，甚至有点儿想挽回这已经成为现实的事实。这一刻她软弱了，但这种软弱不是人格力量走向相反的表现，而是善良的中国人潜意识里的强者同情弱者的基因流露，感情作祟。正是这重重的一笔，完成了秋菊人物性格的塑造，从而使她更具"人"的味道，成为观众心目中无法取代的形象。

由此使我想到大艺术家狄德罗说过的一句话："说人是一种力量与软弱、光明与盲目、渺小与伟大的复合物，这并不是责难人，而是为人下定义。"

洞悉人义（人意）恐怕是世上最难的事了！

祖　制

在我的记忆中，过大年从来没有和生旺火分开过，据说这是祖制。

生旺火，虽然是正月初一凌晨的事，但除夕中午吃过饭，家家户户就开始做准备工作了。在我们都还小的时候，这件事是由父亲完成的。他先要把院子打扫干净，然后在院子当中搭一个木架，再把麦秸秆堆放上去。他要竭尽所能地把旺火堆码得高大、稳固，还要好看。这要花去他两三个小时的时间。

为什么过年要生旺火？年长后，我曾经问过父亲，他只说是祖辈传下来的，是祖制，图吉利！后来我又查过资料，意思基本和父亲说的一致。过年生旺火是一种历史悠久的风俗习惯，主要在山西、内蒙古等地。但发源地应该是内蒙古。因为内蒙古是游牧民族生活的地区，他们居无定所，需要经常在野外点火取暖、煮饭，形成了对火的崇拜。生旺火最早可以上溯至汉代，并逐渐渗透到风俗民情之中，并被赋予了祭奠祖先、驱邪、喜庆的意义。因为当时大多是烧柴，柴和财同音，也有发财的寓意。旺火点燃后熊熊燃烧，火势旺盛，所以取其意叫旺火，也预示着人们的运气、家族的运气也会一年年旺盛。

生旺火可能确实和祭奠祖先有关吧，我记得父亲在做完准备后，便会穿了新衣服去上坟。上坟也是有讲究的，不但要准备很多烧纸，还要准备过年吃的各种吃食各一小块，还要准备几支烟，准备一点酒，反正是过年活人吃的都要给逝去的人准备一点。再带一些柴火到坟上一起烧。一边烧，一边呼叫逝者说，过年了，给你们送吃的来了，我们都挺好，感谢你们的保佑之类的话。进行这项仪式时，所有的人必须行跪礼，等仪式完成后，三叩首再起身。在我们兄弟三个稍稍长大后，就一直跟随父亲做这件事（在我们那里，女性是不可以上祖坟的），直到现在，即使父亲身体不好，行走不便，我们也从没有偷过懒。这实在应该归功于父亲对我们从小的引导，使这件事成为我们人生的必修课。上坟回来，天基本黑了，我们要做的事便是掌灯。不但院子里、大门口要挂大大的灯笼，包括粮仓、羊圈、牛圈都要挂灯笼。有的人家还会把灯笼绑在长长的木杆上，高高地插在大门上，不但全村可见，连邻村也可见。塞北山村的除夕夜很黑很黑，但有了家家户户这些灯笼也就变得灯火通明了，年的氛围一下子就浓了起来。灯笼挂好后，要放第一轮爆竹，大人们告诉我们这是安神的爆竹。安了神，就不能大声说话，更不能说不吉利的话，也不能洒水到地上。每隔一个多小时再放第二轮爆竹、第三轮爆竹，直放到凌晨两三点点燃柴火生起旺火。我稍大后的一年，偷偷问过母亲安神是什么意思，母亲告诉我，就是把财神爷等各路保佑我们的神请到了家。我又问为什么所有的房间都要点灯，母亲说神要到各处看看，黑了找不到地方。我问为什么不能在地上洒水，母亲说，怕把神光（方言：滑）倒。我还是不太懂，接着问：神长什么样？和人一样吗？在哪儿？神也走路吗？为什么看不到？看不到的神怎么能光倒？母亲答不上来便会嗔怪我多嘴，并悄悄警告我："别乱说，小心让神听到割你的耳朵。"我还是没害怕，问神有刀吗，是不是和我们的杀猪刀一样。看见母亲真的恼了，我便不敢再问，悻悻地走开了。我尽管确实不明白，但也只好糊里糊涂地服从，按照大人的要求去恭恭敬敬地做。我想我虽然不明白，但我既没得罪母亲也没得罪神吧！现在回过头来想，许多事完全没有必要打破砂锅问到底，而恰恰是因为神秘而使人记忆深刻，回味久长。

生旺火，是凌晨两三点。但那时既没有计时的手表也无闹钟，就只好看天上的星宿。我记得，接近这个时辰，不管多冷，父亲总会一直站在院子里看星宿。时辰差不多了，他便会回到屋里，一个一个把我们推醒，一边推，一边说："北斗星已经下去了，启明星已经升起来了，起来吧，该生旺火了。"我们便一起起来，穿好外套（这一晚是不能脱衣服睡觉的）。在我们穿扮的过程中，父亲会先把堆在院子中的柴火点燃一部分。其实我很理解父亲的心思，那是怕我们从热乎乎的屋里出去到零下几十度的外面冻着了（真是可怜天下父母心）。等我们到齐了，父亲会把柴火撩拨旺，然后把早已绑在棍子上的鞭炮交到子女的手里，让他们自己去旺火上点燃了放。此时，母亲会拿每人几件衣服呀、腰带呀、背心呀到旺火上烤，那意思当然是说旺火烤过的来年都旺。这个过程，因为太冷只能持续十多分钟。然后母亲便会从旺火上引一把火，进到屋里，烧开水煮饺子。而父亲，在爷爷在世时，便会先到爷爷家里去叩头。叩完头，才会回家吃饺子。一生中父亲只带我去看过一次叩头，那时虽然小，但印象很深，至今难忘。那次以后，在过年期间给长辈行的磕头叩拜之礼仪我就再没有看到了，据说是因为这些属于封建糟粕被取缔了。但我甚至直到今天仍然觉得这些东西是有意义的，因为它承载的是中华最优秀的传统文化"孝"和"敬"。既然内容是优秀的，形式怎么会成为糟粕？何况我们都知道，没有载体的内容总还是令人觉得空泛，不实在，更不庄重的。

由此我又想到古代的"丁忧"，就是父母终老后，子女须持丧三年，其间不得行婚嫁之事吉庆之典。此规源于汉代，历代延续。重要的是不管你官当多大必须离职，如若隐匿不报，一经查出，还要受到惩处。"丁忧"其实是对父母孝心的最好体现，也是对儿女是否孝顺的最大考验。万历五年（1577），张居正十九年未见的父亲去世了，他刚掌大权，不愿意离职"丁忧"，结果不但遭无数同僚上书弹劾谴责，而且张居正在权力与孝道之间的迷惘乃至错误选择竟成为他和家族后人的大不幸。

由生旺火谈到丁忧，也许扯远了，但都是中国文化。在一天天重视优秀传统文化传承的今天，如何审视与对待这些业已消失或正在消失的东西，窃以为是值得探究的。

童年野趣

所谓乡愁应该是以童年的记忆为主吧，而记忆的组成一定有野趣、苦涩、艰辛和快乐！

我的童年是充满野趣的、苦涩的，也是和家庭的所有劳作紧紧联系在一起的。

在上高中前，也就十五六岁时，我已经基本学会了农牧民要做的大多数的活儿。我学会了放马放牛，放猪放羊；也学会了扶犁耕地，种地收割；我不但会骑马，还会驾车；我甚至学会了杀猪宰羊，剥皮剔骨，刮肠子倒肚子，这手艺基本是和"好汉"的形象连在一起的。

上初中时的一个暑假，父亲曾经把我送到一个皮匠手里，希望我能学点手艺。在这个偏僻、封闭、贫穷的地方，也曾读了一点书、识得几个字的父亲虽然很重视孩子们的读书，但也不得不做"两手准备"——万一读书不成，好有个谋生的"伎俩"，倒不是有"一颗红心"的觉悟。我大概只待了三天，趁人不备，偷偷用刀在自己的手上划了一个口子,然后就哭着逃了出来。

从八九岁起,我就开始了断断续续地放马、放牛、放羊的童年生活。之所以说断断续续是因为还只局限于暑假。暑期,正是塞北作物收割的季节,拔麦子、割莜麦、挖土豆都是苦力活中的苦力活,这时也是一年四季最热的季节。那时是大集体,所有集体的事,家家有任务,娃娃也不例外。为了逃脱这些苦力活,同时为了过骑马的瘾、好玩的瘾,我们总是要说服生产队长把放马放牛的活儿给我们,让原来的牛倌儿马倌儿去地里干活儿。队长可能觉得两个娃娃可以顶替两个大人挺划算,也就在疑虑中答应了。当时的生产队只有三四十匹牛马。早出午休,下午再出,晚上回来,就像今天我们上下班。

当年放牛放马,是生产队最俏的营生。牛马出群时,作为马倌儿要有一头坐骑,否则追赶不上其他的牛马。坐骑的背上要捆扎一条羊毛擀的雨毡。一是当马鞍用,使骑马的人尽量舒适;二是下雨挡雨,防冻防寒,穿在身上像斗篷,铺开休息的功能大致如驴友们的帐篷。还有一件东西,就是一根鞭子,鞭子是由鞭杆和鞭梢组成的。鞭杆大约有八十厘米长,材质要好,还要打磨光滑。鞭梢是牛皮拧成的,上粗下细,有长有短,长的有四五米吧。不知道是不是为了打得响亮,打得疼打得狠,鞭子的末梢还要接上一种更细更结实的"道梢"(方言,不知是否是这两字)。我八九岁时就会挥动长鞭,不但打得清脆响亮,还打得准,可以在四五米远的地方,准确打死一只小小的蚂蚱。放牧,鞭子甩不响,似乎也压不住阵,因此,每次出场,都要把鞭子甩得震天响。回来也要脆生生地甩几响，让人们知道：我回来了。那时的我，觉得这也是最好玩的职业。

骑马对一个内蒙古的男人来讲，是必修的科目，就像四川人吃辣椒，我在八九岁就可以独自骑马了。我们小孩子骑马是从来不需要什么鞍、鞴等装备的，即使有，大人们也不会让我们用，理由是为了安全（当然也有舍不得和怕弄坏的意思）。我们只需有个缰绳，就个高台，一跃而上，任马由缰。尤其是几个小伙伴相约比赛，那真是策马扬鞭、四蹄生风，好不威武，真有草原英雄的感觉。因为人小分量轻，腿短夹不住，经常会从马上摔下来，也因为没有鞍鞴等羁绊，人会掉得利索，不会被马拖行而受伤。我是屡掉屡骑，骑到屁股出血，不能坐行，只能躺着。这对一个要想学会骑马的人是必须的历练，否则是成不了骑手的。这也是童年期最深的记忆之一，最大的快乐之一。

在野外，我们有时候会逮一只一岁多的小牛或小马驹来骑，为此，常常会跌得鼻青、脸肿、腿瘸。这是孩子们的常事，大人们也很少过问责怪。

如果有足够的野趣，放牧之余，我们会在草丛里、河沿边、崖缝中寻鸟窝、捡鸟蛋。鸟类虽然不同，窝大体是一致的，都是安在可以遮风挡雨的石板下、悬崖缝、树木边、蒿草里。窝有大有小，但都是圆形的，外边是由较粗的树枝编织，里面是柔而细的草木，有的鸟在细软的草木上还要垫一层羽毛。那时生态好，鸟类多，常有很多不期之遇。我遇到过的鸟窝最多的有十几枚蛋，最少的也有四枚，而且很少有单数。也遇到过已经出壳的小鸟，待在窝里睡觉，听见响动便会一挺一挺地爬起来，张开红红的嘴，等待食物。也遇到过正在孵化的。而我们要寻找的是还没来得及孵化的。怎么辨认孵化没孵化？你可以用拇指和食指捏起一枚鸟蛋，手搭凉棚，冲着太阳，闭一只眼观察。如果里面发黑了，那就一定是孵化有日了。如果是清澈的，那就是没有孵化的，这时我们会摘下帽子，拿走一半。我们在做这些时，总会看到有鸟在身边飞来飞去并叽叽喳喳地叫个不停。留一半分一半，是当地人的传统习俗，他们认为毕竟一窝就是一个家。即使如此，即使那是个饥饿的年代，推鸟及人，这种做法也是造孽深重的。

进入秋季，牛马的活路逐渐多了起来。白天，耕地、拉脚、碾场持续进行，牛马吃草的时间基本被"工作"挤占，晚上赶着牛马吃夜草就成了必须。我十岁多一点就独自一人在夜间放过牧。记得有一次把牛马赶到坡上后，下起了雨，我就裹了雨毡在一个地垄里躲起来，没想到太困了，居然睡着了，天快亮我醒来时，发现身边没有一匹牛马。可以想见我急成什么样子。好在先辈的智慧总能在关键时刻帮你渡过难关，他们很早就发明了给爱偷跑的牛马带上铃铛的土法。夜深人静，声音分外响亮。我静静地听了一会儿，便寻声找到了我的牛马。但事情还是发生了，虽然牛马找回来了，却吃了邻村的庄稼，第二天便有人找上门来。好在是乡里乡亲，赔个不是也就拉倒了。

夜间放牧，难免遇到难挨的饿肚子。我们会潜伏进生产队的菜园子偷菜。其实，那时的菜园子也只有萝卜、白菜、蔓菁、葱、土豆等。土豆是不可以生吃的。我们会捡来干透的牛粪,用火柴点燃,再把偷来的土豆放进去,熟后不但可以充饥,那味道也比今日裹了味精的烧烤好得多。我必须承认,想方设法偷食生产队可食用的东西也几乎伴随了我饥饿的童年。我的两个小伙伴,为了填饱肚子,就曾以调虎离山的计谋,上演过一出堪称完美的恶作剧。那是一个中秋节的下午,他们"踩盘"了一个看园子的老人的小屋,发现老人正在切肉剁馅准备包饺子。他们很兴奋,就在附近隐藏起来守候着。天色完全黑净后,老人开始煮饺子,刚刚煮好出锅,外面响起偷东西的声音,于是老人冲了出去,冲着一个人影追了过去。结果是不但没有追上"小偷",回到小屋发现饺子也没了。

在我放过的所有牲口里,猪是最容易放的。赶出村,圈到一个河湾里,最好是有水或潮湿的地方,它们就会拱出一片地,倒头大睡,从不乱跑乱闹。羊最不好放,它们一出群,就从不停歇,一边吃一边走,从早到晚。一个牧羊人一天至少要走上十几公里,没有一个好身板儿,几乎难以胜任。

> 蓝蓝的天上白云飘,
> 白云下面马儿跑,
> 挥动着鞭儿向四方,
> 百鸟齐飞翔。
> 要是有人来问我,
> 这是什么地方,

> 我就骄傲地告诉他,
> 这是我的家乡。
> ……

这是描写草原最美的歌,是我童年唯一会唱的歌,也是常常把我带入无边想象的一首歌。

在轻风吹拂、绿草如茵、小河蜿蜒、百鸟飞翔的无垠草原上,白日里,我经常会躺在草地上,头枕双手,看湛蓝的天空上朵朵白云飘过,看着看着,会把自己想象成孙悟空,威风凛凛作福花果山,腾云驾雾大闹蟠桃园;夜晚间,又总爱靠在大石旁或敖包下,裹紧雨披,托着下巴,盯住月亮,想象嫦娥如何广袖长舒,何时重回人间……

我还有观察蚂蚁劳动的爱好,我们把那些大大小小的黑蚂蚁、白蚂蚁、红蚂蚁称作黑军、白军、红军,看它们如何从洞中用嘴含出一粒粒土,整齐有序地垒在洞口;看它们如何协作将一只比自己大几十倍的昆虫从很远处搬到家门口;看它们如何保护繁衍生命的晶莹剔透的白色的蛋;看它们如何在大雨来临前将自己的家门(洞口)堵得严严实实。看这些仿佛看一部彩色电影,入戏深时甚至亲自参与动手帮忙,痴迷地忘了牛马倌儿的职责,直至惹出祸来,被人喊醒。

蚯蚓也常常吸引我的注意。一位北京的知青,大概是一位昆虫爱好者,他曾做过我的小学老师,给我们讲过蚯蚓的故事,使我知道蚯蚓不但是少有的雌雄同体的环节动物,而且它非常胆小,对赖以生存的土地的敏感近乎有特异的功能，即使小小的地表的震动，也绝对会使它们破土而出来到地面。有很多的鸟类，正是掌握了蚯蚓的这一习性，经常在松软的土壤上，啄出或敲出响动来，引诱蚯蚓出来，然后当美食把它们干掉。是否确实如此，我至今不得而知，但为印证老师的观点，我确曾付出过大量的时间。

我至今不喜欢住帐篷，完全和我从小夜间放牛放马有关。前两年，夫人赶时髦，花了不菲的钱买了一些野外用的帐篷等，多次动员我去和朋友们野营住帐篷，我愣是一次没去。夫人曾多次问我原委，我都顾左右而言他，从未回答过。有一次，她说我不去朋友们很有意见了，我才向她坦白：我从小夜间放牛放马，八九岁就裹个雨毡在山坡上、树林里过夜，遇到过蛇，遇到过狐狸，遇到过狼，遇到最多的是我十分讨厌的老鼠，担惊受怕的阴影至今折磨着我。我之所以要发奋考大学，原因之一就是为了不再在野外过夜，如今好不容易熬出了头，还让我花钱去受二茬罪，坚决不干。妻子听后大笑。

是的，生活已经告诉我们，有人终其一生努力要挣脱的事，其他人会花大量的钱财和精力去追逐。同一件事，对有的人是无奈，而对有的人则是浪漫。

童年，我受到的最深刻的教育就是充满野趣、充满艰辛、充满苦涩的生活。当然也有快乐。这快乐同样来自为了生存的拼搏和挣扎，来自童年的野趣。如果把这快乐比作荒漠草原上稀少而珍贵的雨水，那么童年的野趣、艰辛、苦涩就是撒向植物的有机肥，尽管味道难闻，但对植物的茁壮生长大有益处。

访谈
Fang Tan

脊　梁

战争如此残酷是件好事，否则就会有人喜欢它。

美国著名将领罗伯特·李将军如是说。

自从有人类以来，有人就以发动战争为乐，有人却为制止战争沥血。

我把这两句话写在前面，是希望读者能够充分理解从事这项事业的人。

一

2018年12月18日，当我从中央电视台的报道中听到于敏的名字时，眼前立刻浮现出一个十多年前定格的形象：

中等身材，高度近视，稍驼的背，微胖的体型，朴素的穿着，稀疏的华发，未曾开口先有笑意的脸，慈祥、谦和、睿智……

想起他谈到岳飞、文天祥、于谦时的激动，背诵古诗词时的陶醉；想起他谈起孙儿时的童真，说到一些社会现象时的叹惋；也想起他那件灰色的棉衣，说话时转动在手上的瓷杯……

想起人们对他的评价：氢弹之父，惊天事业，沉默人生。

就在这天，党中央国务院表彰了一百名改革先锋，于敏位列第一。

2019年1月16日，即受表彰三十天后，于敏在北京与世长辞，享年九十三岁。

得到于敏去世的噩耗，我正在成都市出席四川省第十三届人民代表大会。我得悉他的追悼会将在22日举行并准备前往送别时，遇省委宣传部长会议被告知不得请假。由于我的原因，遗憾地失去了与他最后告别的机会。

又过了三十多天，我的关于他的报告文学《挺起民族的脊梁》在《人民文学》刊出，又由于他的原因，遗憾地没有看到刊物的出版。

十几年的相识与惦念，就在几天中永远错过。

但我记住了于敏和我说过的话："一个人的名字，早晚是要没有的，能把微薄的理论融进祖国的强盛中，便足以自慰了。"

于敏，中国核武器事业的奠基人之一，中国突破氢弹原理的关键人物，为中国核武器做出特殊贡献的重大功臣，为筑牢国防基石鞠躬尽瘁的大国巨匠，为挺起中华民族脊梁九死未悔的民族英雄——一位注定要载入史册的科学家。

作为曾经的新华社记者，我最感荣耀的，是1999年至2004

年的五年时间里，多次采访中国工程物理研究院（也称中物院）和为"两弹"献身的元勋，于敏就是其中之一。我曾多次在绵阳的科学城，在北京的花园路采访他，采访他的同事。2003年底至2004年初，包括新华社在内的世界各大通讯社，先后播发了我写于敏的长篇通讯《丹青难写是精神》，引起了不小的震动。《人物》杂志等不少刊物，分别以特约稿和封面人物方式进行了刊载。这之前，很少有关于于敏的全面报道。而今十余年过去，虽然我的工作发生了变化，但和中国工程物理研究院的联系没有断，无论从感情上还是理智上，都割舍不下对于敏的关注，因为我深知他不可估量的功勋，深知他的不朽价值，也深为他高尚的人格感动。

12月18日的《人民日报》这样写道："他是我国著名的核物理学家，长期主持核物理理论研究、设计，解决了大量理论问题，为我国核武器的发展做出了重要贡献。20世纪80年代以来，在二代核武器研制中，突破关键技术，使我国核武器技术发展迈上了一个新台阶，对我国科技自主创新能力的提升和国际实力的增强做出了开创性贡献。"于敏荣获"两弹一星"功勋奖章、国家最高科学技术奖、"全国五一劳动奖章"和"全国敬业奉献模范"称号。

此外，我知道他还获得国家科技进步奖特等奖三项、一等奖三项，国家自然科学奖一等奖一项。1980年当选为中国科学院院士。

人民和历史，都将永远铭记邓稼先和于敏在中国核武器事业的发展里程中所起的决定性作用。邓稼先逝世后的二十多年里，于敏是中国核武器事业的重要引领者。他站高谋远、胸怀全局，又脚踏实地；他知己知彼、见微知著，又滴水不漏；他冲锋在前、舍生忘死，又隐姓埋名；他心遗得失、情不依世，又谦逊和蔼；他功勋卓著、有口皆碑，又居功不傲；他坚持真理、尊重学术，又不阿权贵……

直到几年前，于敏的意见和建议，甚至他的每一句话，对这一领域的决策仍然有着重要的影响。

2019年9月17日，在他辞世整整八个月后，国家主席习近平签署主席令，授予于敏"共和国勋章"。

二

邓小平在1988年10月的一次会议上说："如果60年代以来中国没有原子弹、氢弹，没有发射卫星，中国就不能叫有重要影响的大国，就没有现在这样的国际地位。这些东西反映一个民族的能力，也是一个民族、一个国家兴旺发达的标志。"

是的，认真倾听中国核武器发展的历程，我们深深体会到：我国发展核事业的被迫无奈、艰难曲折、英明果断和给中华民族带来的重大转折——自力更生，不用看人脸色，不再受人欺负！中华民族真正挺起了腰杆。什么是大国？什么是强国？离开它谁敢说大说强？

在第二次世界大战期间，德、美、英、苏等国就相继掌握了核技术，展开了核武器和导弹技术的激烈军备竞赛。1945年7月，美国首先爆炸了人类第一颗原子弹。7月26日，美国、英国和中国发表了《波茨坦公告》，敦促日本投降。7月28日，日本政府拒绝接受《波茨坦公告》。出于军事和政治的原因，美国政府便按照原定计划，对日本使用了原子弹。8月6日向日本广岛投掷了第一颗原子弹。日本仍错误地以为美国只有一颗原子弹，不接受无条件投降。9日美国向长崎投下第二颗原子弹。15日日本天皇裕仁发布诏书，宣布日本无条件投降。

人类第一次看到了核武器的威力，核武器的可怕。具有远见卓识的政治家、军事家已经看到，核武器对现代战争及军事技术的发展将产生的重大影响，也看到了核武器对遏制战争的巨大作用。

中华人民共和国成立后，积贫积弱的中国，多次受到美国的核威胁和核讹诈。1950年，美国为了摆脱在朝鲜战场上的危机、挽回败局、争得面子，总统杜鲁门咆哮：将采取包括原子弹在内的一切措施来应对朝鲜战场局势。随后将原子弹运到了停泊在朝鲜半岛附近的航空母舰上，进行了核模拟袭击。1953年春，又将原子弹运到日本冲绳岛，针对的仍然是朝鲜和中国。1954年，参谋长联席会议更是直接提议向中国大陆投掷原子弹。1955年，又反复研究制定了原子弹攻击中国东南沿海地区的多种方案……

面对美国的威胁和讹诈，为了国家安全，毛泽东和党中央认识到，在今天的世界上，我们要不受人欺负，就不能没有这个东西。

1955年1月15日,毛泽东在中南海主持召开会议,讨论了中国发展原子能事业问题。紧接着,中共中央政治局通过了中国发展核武器计划。

1956年4月25日,毛泽东发表了著名的《论十大关系》,强调:中国"不但要有更多的飞机和大炮,而且还要有原子弹。在今天的世界上,我们要不受人家欺负,就不能没有这个东西"。

同年11月,全国人民代表大会常务委员会第五十一次会议决定设立第三机械工业部(1958年改为第二机械工业部),主管核工业建设和核武器研制工作。

1958年6月21日,毛泽东再次强调要搞原子弹等战略武器,他说:"我还是希望搞一点海军,空军搞得强一点。还有那个原子弹,听说就那么大一个东西,没有那个东西,人家就说你不算数。那么好,我们就搞一点。搞一点原子弹、氢弹、洲际导弹,我看有十年工夫是完全可能的。"

从1955年开始,经过艰苦努力,我国初步建立了核武器研究机构,初步形成了一支核武器科研队伍,开始了原子弹的探索性研究工作,为以后核武器的研究奠定了基础。

尽管当时的中国积贫积弱,但毛泽东还是确定了以"自力更生为主,争取外援为辅"的原子能研制方针。他对中国的科学家说:"我们只要有人,又有资源,什么人间奇迹都可以创造出来。"

1954年,苏联领导人赫鲁晓夫来中国参加国庆五周年庆典,毛泽东谈了中国准备搞原子能的打算。赫鲁晓夫表示:"搞原子武器,中国现在的条件恐怕困难,那个东西太费钱了……如果现在中国要搞核武器,就是把全国的电力全部集中起来都难以保证……社会主义大家庭,有一把核保护伞就可以了,不需要大家都搞。"但毛泽东还是说服了赫鲁晓夫,他同意在中国的原子能研究中给予一些基本的帮助。

在中国的争取下,中苏两国政府后来在核领域签订了一些协定。内容大致包括:苏联在中国铀矿勘探、核科学技术研究和核工业建设方面提供了一些援助;苏联同意提供两枚教学用的导弹样品;接受五十名中国留学生到苏联学习火箭专业;派五名苏联教授来华教学等。

但是,后来由于中苏两党、两国分歧加深和关系恶化,苏联的援助中断了。面对苏联的毁约,外国评论说:中国核武器研制遭到了毁灭性打击。

1959年7月,党中央毅然决定:自己动手,从头摸起,用八年时间把原子弹造出来。为了记住1959年6月苏联撕毁中苏《国防新技术协定》这一日子,中国领导人特意将自己研制原子弹的工程定名为"596工程"。

在此关键时刻,毛泽东表现了惊人的胆识。1960年7月18日,在北戴河中共中央工作会议上,他坚定地说:"要下决心,搞尖端技术。赫鲁晓夫不给我们尖端技术,极好!如果给了,这个账是很难还的。"

面对苏联毁约和1962年我国经济出现的困难,上不上原子弹,在国防科技系统,甚至在中央决策机关也引起了各种议论。

争执的一方是几位元帅,另一方是经济工作的领导人。陈毅说:"就是当了裤子也要把这个原子弹氢弹导弹搞出来!"

主张下马的人说,研制原子弹困难太大,苏联的援助没有了,技术上有很多困难,国家经济困难,工业基础薄弱,搞两弹花钱太多,拿不出那么多钱来,会影响常规武器和国民经济其他部门的发展,应该暂时下马,等国家经济好转后再上。这样的分析,得到了大多数人的赞同。

但是,伴随国内经济出现巨大问题而来的是,蒋介石认为"反攻大陆"的时机到来。1962年上半年,台湾方面反攻的军事准备工作达到最高峰。6月,中国人民解放军广州军区、南京军区的部队开始向福建方向集结。东南沿海上空,战云密布。

西南的中印边境,形势也越来越紧张。印度方面不断推行"前进政策",仅1962年上半年就沿"麦克马洪线"建立了约24个新哨所,战争一触即发。

国逢万难须放胆。面对内外交困,1962年6月8日,毛泽东在一次谈话中,异常坚定地说:"对尖端武器的研究试制工作,仍应抓紧进行,不能放松或下马。"

1962年10月,中共中央政治局研究决定,建立了由周恩来为主任的专门委员会,领导我国的原子能工业建设和核科技工作。11月3日,毛泽东批准成立专门委员会和第二机械工业部关于力争在1964年实现爆炸我国第一颗原子弹的规划,并批示:"很好,照办。要大力协同做好这件工作。"

中央专委成立后,在全国各部门、地方政府和人民解放军的大力协同和积极支持下，核工业战线的广大科技人员、干部、工人团结一致，艰苦奋斗，发愤图强，奋力攻关，各项工作协调进展迅速。

1964年9月，中央专委对首次核试验的时机进行了研究，提出两个方案：一个方案是早试；另一个方案是晚试。毛泽东听后，从战略上进行了分析，并指出，原子弹是吓人的，不一定用，既然是吓人的，就早响。

1964年10月16日15时，在中国的西部大漠，蘑菇云腾空而起，中国自行研制的第一颗原子弹爆炸成功！当晚22时通过中央人民广播电台向全世界公布这一消息。外国报刊评论说：中国的核爆炸，从长期来看，将改变世界力量对比。

1964年，原子弹试验成功后，中央专委立即开展了核弹头的研究，力争早日实现"两弹"的结合。

1966年10月27日，装有核弹头的中近程地地导弹点火发射，核弹头在预定上空实现了核爆炸，试验圆满成功。

原子弹试验成功后，毛泽东就关注氢弹的研制，要求加快氢弹的研制步伐。1965年1月，毛泽东在听取国家计委关于长远规划设想的汇报时指出："原子弹要有，氢弹也要快。"根据毛泽东的指示，中央专委确定力争1968年进行氢弹装置爆炸试验。

1967年6月17日，中国第一颗全当量氢弹空爆试验成功。

当天深夜，新华社向全世界播发了《新闻公报》，重申了中国政府一贯的立场："中国进行必要而有限制的核试验，发展核武器，完全是为了防御，其最终目的就是为了消灭核武器。""在任何时候、任何情况下，中国都不会首先使用核武器。"

中国第一颗氢弹爆炸成功后，成为世界上第四个掌握氢弹技术的国家。

而在这项为了国家为了民族的惊天地泣鬼神的伟大战斗中，于敏隐姓埋名却冲锋在前，指挥若定却撤退在后，战功卓著却静如止水。

历史不会忘记，民族不应忘记。

三

1926年8月16日，河北省宁河县芦台镇（今属天津市）一个普普通通的家庭里，于敏也像天底下众多孩子一样，在炎炎夏日里普普通通地降生了。

宁河县如今是宁河区，翻阅宁河县志，可以发现这个靠海的县可不是一个一般的县，它不但历史悠久，而且属于军事重镇。于家又是这个县首屈一指的大姓，功勋卓著的家族。因此，写于敏不能不对他的出生地成长地作一尽量详细的介绍。

据《河北省县名考原》称："蓟运河纵贯县境，时多水患，故县以宁河名。"民国三年（1914）属直隶省津海道；民国十七年（1928）属河北省；民国二十七年（1938）县治改为芦台镇；1949年9月划归天津专区；1959年5月宁河县与汉沽区合并，称天津市汉沽区；1961年6月复置宁河县，属唐山专区；1962年8月复属天津专区；1973年8月划归天津市管辖；2015年8月国务院批复同意撤销天津市宁河县，设立天津市宁河区。

据《宁河军事志》《宁河文史资料辑》记载：在宁河的七里海区域有个俵口村，在这个村，于姓是大姓，也是一大族。有研究者根据于氏家谱和当地的传说推断，他们的祖籍是江南金坛县。元朝末年和明朝初年，都实行移民制，于姓就是从江南迁徙而来的。有清晰记载的、一起迁徙的是于氏三兄弟：于大公、于大恒、于大昊。他们长途跋涉先到了山左济南府青城县（今属山东省淄博市高青县）铁打胡同，后又跟随移民潮流来到了京东顺天府宝坻县兴保里（今天津市宁河区俵口村）。俵口原名撒金坨，因为姓于，鱼（于）喜水，不适宜在金上、坨上、土上生存，又因此地在古七里海的泄水口，俵分水势，所以改为俵口庄。俵口村名一直延续六百多年至今。据考古测定，在四千年前，"禹贡黄河"从天津平原入海，造成的三角洲，土地非常肥沃。历史上这里的农业、盐业都非常发达，人民也很富裕。出现过有名的军粮城。因为这里经济条件好，是移民的向往之地，不止于姓，很多人都往这里迁徙。

于氏家族在这里虽然也有从事农业的、手工业的、商业的等等，但绝不是一个普通家族。他们是一个为朝廷立下战功的家族。史书记载，于家三世祖于本，早在建文元年（1400）就入军旅，在梁城海防巡哨。于永乐元年（1403）因累积战功，被升授后军都督府梁城所守御千户所佥事，兼管梁城守御千户事（军政一体统管）"予以世袭"。这种世袭是由朝廷开国"龙爷"加封，子孙后代都可分享龙恩荫封。为什么会有如此待遇？肯定是有原因的。原因就是燕王朱棣扫北，灭建文帝，定都北平，建立永乐王朝，弃建文年号。在这个过程中，于家的不少人紧紧跟随着永乐皇帝，在平定北方的战争中立了功，是有功之臣，功勋一定还挺显赫。据《天府广记》记载："梁城守御千户所在宝坻县东南一百四十里，洪武三十三年建。属后军都督府。"其职掌"各统其军及部落，听巡捕、军器、漕运、京操、守备、征调、初贡、保塞之政令"。编制额度，五千六百人为卫，一千一百二十人为千户所，一百一十二人为百户所。千户所的统领长官为指挥佥事，下设千户、百户。指挥佥事明初定为从三品，永乐后废前制，降从四品，比地方知县官阶高。从永乐皇帝立国定都北平，俵口于姓家族共有十一位世袭梁城守御千户所指挥佥事。

《宁河县志》文："偶过县北朝阳寺，见残碑剥蚀，字迹模糊，拂尘阅之，盖嘉靖丁亥仲春重修纪也。碑末备书姓名中，有致仕指挥佥事于玺所事。"朝阳寺，是功德庙，重修碑记专门记有致仕（退休）指挥佥事掌管梁城守御千户所的事迹，可见其功德不一般。从碑后署名可以看出，这是梁城所的指挥佥事、千户、百户各官员，为于玺所树立的功德碑。功德庙立功德碑，都属皇廷敕建，碑上有"龙图"，彰显皇恩浩荡。而且于家祖坟立碑，先祖功德以龙碑昭示后人，不忘祖上荫德，实乃天经地义。到了清朝立国，于氏家族的武官世袭废止。但于氏家族的功德至今还在坊间流传。而于敏就是这个家族的后辈。

于敏的爷爷于绍舟也是读书人，曾在乡间办过学堂，教书育人，耕读持家，哺育后代。父亲于兆鲲"学历"比爷爷还要高一些，相当于现在的高中生吧，毕业后就在天津财政局谋到了一份工作，靠自己的知识更靠自己的勤劳本分维持着一家人的生活。母亲是一位贤惠善良的家庭妇女。于敏的家族，在他出生时，虽不能称作名门望族，却是个书香门第，是一个有着"道德传家、诗书继世"基因的家族，是一个有着深厚传统文化印记的中国家庭，也一个是勤俭勤劳的家庭。于敏，上有一个姐姐，毕业于北京师范大学，而且在读书时就加入了中国共产党。那个年代的女性，上大学者可谓寥若晨星，加入先进组织的更是凤毛麟角；但对于敏家族似乎是个例外，亦可见家族之学养、族人之聪慧、读书之首要。这对于敏这颗优秀的种子实在是再好不过的土壤了。他下有一个弟弟和妹妹，早年夭折。

分析一个人，十分重要的是分析他的家族，至少上溯三代；这是一个人成长所需要的宽广深厚的土壤，所谓"橘生淮南则为橘，生于淮北则为枳"，土壤不同结果不同；分析父母对他的影响，父母对子女的影响是无须赘述的；分析他从后天的学习中学习了什么汲取了什么。于敏深受中国传统优秀文化的影响，深受英雄人物的影响，这是他成长中的养分。而作为个体，他有超常的天赋、智商。

当然也离不开他所处的时代背景。七岁时的于敏尽管很瘦弱，但对于这个把读书看作人生规定动作的家庭来说，爸爸和妈妈还是遵家规把他送进了芦台镇一所普通的小学。对于小学的学习情况，于敏似无特别记忆，因此谈得很少。小学毕业后，十二岁的于敏随母亲到了父亲工作的天津，但于敏的学业从未中断，先在木斋，后转学到耀华读中学。这是两所不错的学校。

对于中学期间的学习，于敏记忆深刻，感受颇多，以为影响深远。他说，在耀华中学，至少有两位老师对奠定他的思维方式、学习方法和兴趣爱好产生过重大影响。

一位是语文老师王守惠。王守惠讲古诗词，旁征博引，抑扬顿挫，津津有味，尤其爱讲岳飞、文天祥、林则徐等民族英雄的诗和故事，这一方面奠定了他对古诗词的爱好，另一方面激发了他对民族英雄的崇敬。加之，于敏生于1926年，大学毕业于1949年。这是个外敌入侵、国难当头、战争频仍、山河破碎、民不聊生的苦难时代。因此他崇拜岳飞、文天祥也就不难理解。

是的，于敏，虽然是一位大物理学家，但是很少有人知道，他最大的爱好，竟然是中国历史、古典文学和京剧。他从小就会背不少古诗词。退休后，工作少了，他至少一天要拿出三个小时的时间来读他喜欢的书。隔三岔五地，他还会去看上一次打小就爱的京剧。一般情况下，晚上九点躺下开始睡觉，到凌晨要醒两三个小时，一般在一点到三点。他认为，这是多年形成的习惯，或者说毛病了，想改也改不了。每天这个时候，许多问题就蹦出来了。他形容说，脑子里就像有脉冲，一冲一冲的，控制不了。他一边说，一边发出爽朗的大笑。每当这个时候，他就开始背古诗词。就从《唐诗三百首》的第一首背起，一首接一首，背到睡着。他说他的老师曾经讲过为什么《唐诗三百首》把张九龄的诗放在第一首，大有深意，至今记得。

> 兰叶春葳蕤，桂华秋皎洁。
> 欣欣此生意，自尔为佳节。
> 谁知林栖者，闻风坐相悦。
> 草木有本心，何求美人折？

他说王老师讲过，张九龄是古代为官正直的代表人物之一。是一位著名政治家、文学家、诗人。作为"开元盛世"的最后一位名相，深为世人敬重敬仰，王维、杜甫等大诗人都有作品歌颂张九龄。杜甫早年也想请他品评自己作品，未能如愿，晚年回忆，犹叹可惜。张九龄曾经预言安禄山必反，上书劝皇上杀掉安禄山，皇上没听。张九龄病逝后，果然爆发了"安史之乱"。皇上十分懊悔。王老师说，编者孙洙之所以把这首诗放在唐诗三百首第一首，首先，张九龄为唐朝早期诗人。更为重要的是张九龄是一代名相，深为各大文豪敬仰，文学功底之深厚也令人叹服。

另一位是数学老师赵伯炎。赵伯炎讲课不只是简单地告诉学生如何做，还告诉学生为什么要这样做而不能那么做。要求学生不但要知其然，还要知其所以然。六十多年后谈到这两位老师，于敏依然情趣盎然、情态可掬，如回中学年代。

于敏说自己本来就是一个沉静好思、喜欢寻根究底的人。耀华中学的老师对他的影响，更使他形成了自己的一套模式和学习方法。每学一种东西，总要尽可能多地涉猎相关的知识，扩充自己的知识面。

他说："我很喜欢魏徵的一句话：求木之长者，必固其根本；

欲流之远者,必浚其泉源。至今还是我的座右铭。"

高中毕业时,父亲因病失去了工作,家里唯一的经济来源断了,于敏面临着辍学。本来就沉默寡言的他,面对如此压力,更是眉头紧锁、一言不发、一动不动,经常坐在书桌前双手托着腮帮子发呆。他的好朋友陈克潜觉得不对,有一天下课后,拉着他的手问他怎么了,于敏告诉了他自己的处境,陈克潜才知道他在为继续读书的事一筹莫展。晚上陈克潜将于敏的困境告诉了自己的父亲。陈的父亲是启新洋灰公司的协理,对于敏有所了解,听了以后很同情,觉得怎么也不能让于敏辍学。他动了很多脑筋,连推荐带求人,说服了启新公司做出资助于敏上大学的决定。

1944年于敏以优异的成绩考入北京大学工学院。

这年他十八岁。上北京大学是他唯一的选择,自然别提有多高兴了。然而上了快两年的课,他忽然发现自己选择的错误。因为是工学院,老师只是把知识告诉学生怎么应用,至于为什么,没有一个老师告诉学生,这使他这个"心灵手不巧,动手能力差"的学生很快就失去了兴趣。

于敏说:"我动手能力实在太差,从小只要是动手的,都不行,和小伙伴弹玻璃球、做手工肯定输,没赢过。于是1946年我就提出申请,要求转入理学院去念物理。不久,学校就同意了我的申请,我就转到了理学院,并将自己的专业方向定为理论物理。"

理论物理研究的对象广泛,需要智商高的人来做。于敏的性格、智商、兴趣显然是适合学理论物理的。但是他也知道相关知识的重要，于是广泛地选修了数学方面的课程。于敏的聪颖在数学方面也很快显示出来。他选修了张禾瑞的近代数学后，有一次考试，题目很难，就连数学系学习最好的同学也只得了六十分，但于敏得了一百分。因为他的学习成绩多数时候名列榜首，所以，北京大学的学生和老师都知道于敏。当时大家公认，"北京大学多年未见这样的好学生"。

1949年于敏以八十八分、物理系第一名的成绩成为中华人民共和国成立时北大第一届毕业生。本科毕业后，他又考取了著名教授张宗燧先生的研究生，开始量子场论方向的学习和研究。

于敏说，那时张宗燧教授在国际理论物理学界已经享有很高的声誉了，当他的学生很难：一是讲课难懂，张先生讲课从头到尾全用英文，而且内容很深，不下去做认真的钻研很难懂；二是课外学习难度大，指定的参考书学习起来难度非常大。张先生擅长数学在物理学中的应用的特点，使于敏受益匪浅，也成为他日后学术生涯中最具特色之处。

一年后，张宗燧先生身体抱恙，指导于敏的任务就交给了刚刚回国的胡宁先生。

于敏说："胡宁先生在美国师从理论物理学大师从事核力的介子理论和广义相对论方面的研究。无论是授业还是指导研究，都非常强调物理图像和物理概念，同时还有极强的物理直觉。先生在讲课中尽量避开复杂的公式，而注重思想的简洁清晰，一些很难的课程如广义相对论、量子场论和电动力学，他都非常突出物理本质，这一特点对我影响很大，可以说受益终生。"

研究生还没有毕业，为了补贴家用，于敏只好一边读书做研究，一边兼做助教挣钱养家。胡宁发现后认为于敏人才难得，不该兼助教，应该集中精力做研究。于是胡宁找到彭桓武、钱三强说出了自己的想法，请他们把于敏调到中科院近代物理研究所。这样既做了研究工作又有了一份补贴家用的工资，解决了于敏的生活困难。彭桓武、钱三强都是爱才如命，听胡宁一说，欣然应允。

中科院近代物理研究所是1950年成立的，成立初，钱三强任所长，王淦昌和彭桓武任副所长。当时我国科学界一片空白，但他们高瞻远瞩，创建了新中国第一个核科学技术研究基地。搞原子核物理，既要抓理论研究，又要抓实验研究，于是近代物理所成立了理论研究组。全组共有八人，除彭桓武、胡宁和于敏外，还有朱洪元、邓稼先、黄祖洽、金星南和殷鹏程等著名科学家。当时年龄最小、资历最浅的是于敏。当时，我国把基本处于空白的原子核物理学科列为重点学科，为了了解国际上核物理研究的进展情况，研究组组织了一次调研。于敏在这次调研中，阅读了大量文献和一些大物理学家名著，1953年递交了一份完整的调研报告。彭桓武看完报告说："真正钻进去了的只有于敏。"

1953年后，原子核理论组人员发生了比较大的变化，研究工作主要落在了于敏的肩上，1956年，他担任了原子核理论组组长。

1957年于敏在物理学报发表《关于208Pb附近一些原子核的能级》，1959年在物理学报发表《关于重原子核的壳结构理论》。

在他的指导下，研究小组发表的《一个具有等间隔能谱的费米系统》和《原子核在短程力下的相干效应》等研究成果在当时走在国际前列，很快就站到了原子核物理的发展前沿。

由于于敏在原子核理论物理研究方面取得的进展，1955年，他被授予"全国青年社会主义建设积极分子"的称号。1956年晋升为副研究员。

1957年，以朝永振一朗（后来获诺贝尔物理学奖）为团长的日本原子核物理和场论方面的代表团来华访问，年轻的于敏的研究成果引起了访问团的极大关注，甚至有成员问他是不是有外国的援助。他的回答是："在我这里，除了ABC，其他都是国产的。"访问团回国后，发表文章高度称颂于敏的卓越才华和后生可畏，并把于敏说成是中国的"国产土专家一号"。从此"国产土专家"的称号伴随了于敏一生。

经过艰苦的努力，于敏对原子核理论的发展形成了自己的思路。他把原子核理论分为三个层次，即实验现象和规律、唯象理论、基础理论。在平均场独立粒子方面做出了令人瞩目的成绩。发表的《关于重原子核的壳物理论》《关于原子核独立粒子结构的力学基础》等论文，被普遍认为，在当时是具有相当高的水平的。

20世纪60年代初，在A.玻尔等人提出原子核内具有能隙现象之后，于敏敏锐及时地组织和指导张宗烨、余有文等开始这方面的研究。他们抓住了"超导对"的本质，不到两年时间，就提出了原子核的"相对干"结构理论。这一发现，在认识原子核微观机制中起着重要的作用。后来，于敏和张宗烨、余有文等人又进一步把这种相干结构扩展到三个和四个粒子相干的集团。他们发表的《一个具有等间隔能谱的费米系统》和《原子核在短程力下的相干效应》等研究成果，在当时位居国际前列，引起极大关注。

1959年夏天，在成都举办了一期原子核理论培训班，于敏和北京大学的杨立铭教授担任主讲。他们所讲的内容后来被出版社编成书，取名《原子核理论讲义》，成为我国二十余年间唯一的一部原子核理论专著。

1962年，A.玻尔来北京访问，于敏参与翻译。A.玻尔高度评价于敏的工作，多次在不同场合说他是一个"出类拔萃的人"。

钱三强在谈到于敏时也说："于敏填补了我国原子核理论的空白。"

留学英国、被选为皇家爱尔兰科学院院士的彭桓武则认为："原子核理论是于敏自己在国内搞的，他是开创性的，是出类拔萃的人，是国际一流的科学家。"

四

就在于敏在这一领域取得重大成就、准备向更高领域发起冲击的时候，1961年1月12日，钱三强把他叫到办公室，非常严肃地对他说："经所里研究，并报请上级批准，决定让你作为副组长领导'轻核理论组'，参加氢弹理论的预先研究工作。"

于敏明白,这是让他放弃原子核理论的研究去参加氢弹理论的预先研究。他的心中产生过矛盾:他觉得自己性格内向,更适合做比较自由的基础科学研究,况且当前的原子核理论研究正处在有可能取得更大成果的关键时刻。但他更清楚,国家在如此困难的情况下仍然坚持要搞原子弹、氢弹,显然是一项非常重要的战略性的历史任务。怎么能在这个时候强调个人的兴趣、志向和名誉?经过短暂的思想斗争,于敏毅然决然服从了组织上的决定,从基础研究转向氢弹理论的预先研究工作。

轻核理论组的研究工作从氢弹理论最基础的部分开始探索,从氘和氚、氚和锂-6等有关核反应截面的调研、整理、分析和估算上切入,对氢弹中各种物理过程进行了探讨和研究。经过一段时间的工作,各个重点选题都取得了成果,为开始氢弹的理论探索提供了一些必要的核数据基础。接着,轻核理论组研究了等离子体中的基本物理过程,物质与粒子间能量的传递过程,系统中各种波的发生、发展与相互作用的规律,高温、高压下物质的基本物理参数……

当时,不用说电子计算机,连手摇电动计算机也只有几台,基本轮不上,钱三强经常出面说情,希望轻核组用计算机的时间多一些。轻核理论组的同志们主要靠的是计算尺。为了完成任务,天天在办公室加班加点到深夜。

轻核理论组就是在这样困难的条件下攻克了一道道科学难关,解决了大量的基础问题。其中,在许多实质性问题和关键性问题上,都是于敏做出了最主要的贡献。

从 1960 年第四季度到 1965 年初，轻核理论组经过四年扎扎实实的探索和研究，对氢弹有关物理过程已做了相当的研究，对氢弹的原理作了一些初步探索，对氢弹可能的整体结构也有了一些初步的设想。这四年颇富成效的工作，无论是对热核反应基本现象的了解、基本条件的掌握，还是对某些规律的认识，都为后来的氢弹攻关工作奠定了一些必不可少的应用基础，在最终突破氢弹原理中起了重要作用。

1964 年 10 月 16 日，我国第一颗原子弹爆炸试验成功。什么时候研制成功氢弹便提上日程。1965 年 1 月，于敏等原子能研究所轻核理论组的三十一位科研人员携带着预先探索研究的所有成果和资料，调到了九院理论部，在主战场汇合，于敏被任命为理论部副主任。

同事们普遍认为，于敏不但比一般人懂得多、想得深、算得快，而且善于透过复杂现象抓住事物的本质。

在探索研究氢弹原理的过程中，于敏经常走上讲台给大家做"原理设想"的学术报告。通过报告把各方面的研究成果归纳整理，逐一分析氢弹反应各个过程的现象、规律和物理因素，描绘氢弹反应过程的比较完整的物理图像。在 1965 年 11 月中旬的一场报告后，会场上一片欢欣，大家感到有了重大突破，兴奋的心情再也无法按捺。

于敏当即给北京的邓稼先打了一个耐人寻味的电话。这个电话已经成为中物院家喻户晓的一段佳话。于敏说："我们几个人去打了一次猎……打上了一只松鼠。"邓稼先听出是好消息："你们美美地吃了一餐野味?""不,现在还不能把它煮熟……要留作标本……但我们有新奇的发现,它身体结构特别,需要做进一步的解剖研究,可是……我们人手不够。""好,我立即赶到你那里去。"

邓稼先主任第二天就飞至上海。一到嘉定,邓稼先立即听取了于敏等人的汇报,并与大家一起通宵达旦地分析计算结果,详细讨论技术问题。他对新原理表示首肯。经过进一步完善,形成了氢弹原理理论设想方案,基本思想是:氢弹是把热核装料(通常用氘化锂-6)加热到高温发生聚变反应,在瞬时释放出巨大的能量。发生聚变反应的先决条件是高温、高密度。要使热核装料燃烧充分,必须使燃烧区的高温维持足够长的时间,这就需要创造一种自持聚变反应的条件,这个条件要由原子弹爆炸来创造。于敏以自己的学科功力和大家的团结协作,成功建立了氢弹的物理模型。

1966年12月28日12时,629氢弹装置按时爆炸。

在参观点,于敏从护目镜中看到了氢弹爆炸瞬间的闪光、看到半球形的火球在膨胀并上升。几秒钟后,火球的烟云连同地面的尘柱一起上升,形成蘑菇烟云,并听到了春雷般的巨大响声。

核爆炸后,测试队很快向指挥部报告了速报数据。当于敏一听到两个关键的速报数据后,便脱口而出:"与理论预估的结果完全一样!"

在于敏脑子里,装着一大堆重要的数据,此时,已经可以断定,我们掌握的氢弹原理是正确的,设计方案是可行的,氢弹研制中的关键科学技术已获解决。

这次核爆炸后还取得了大量的测量数据,根据对多种测量数据的综合分析,这次爆炸的威力为12.2万吨TNT当量。试验取得了圆满成功。

12月28日晚,新华社发表《新闻公报》,宣布中国又成功地进行了一次新的核爆炸;中央人民广播电台也广播了《新闻公报》。《新闻公报》中说:"继导弹核武器试验成功之后,又圆满地实现了这次新的核爆炸,从而把我国核武器的科学技术提高到一个新的水平。"

1967年6月17日8时20分,我国第一次氢弹(航弹)实验爆炸成功,爆炸威力达到了330万吨TNT当量。

1964年10月16日,我国成功地爆炸了第一颗原子弹。两年之后的12月28日,又在罗布泊核试验基地进行了首次氢弹原理试验。1967年6月17日,我国用轰-6飞机空投,进行了全当量氢弹实验,取得了圆满成功,标志着我国成功地爆炸了第一颗氢弹。从原子弹到氢弹,按照突破原理试验的时间比较,美国人用了七年零三个月,英国四年零三个月,法国八年零六个月,苏联四年零三个月,而中国只用了两年零两个月。从原子弹试验成功到第一颗氢弹爆炸成功,中国只用了两年零八个月的时间,速度之快是绝无仅有的,也在国际社会引起强烈反响。法国的戴高乐总统在我国正式宣布第一颗氢弹爆炸后,曾对其原子能委员会大发雷霆。

在私下,于敏被人们称为中国的"氢弹之父",虽然他自己一直坚决反对。但就凭这一点，也足见他在中国核武器事业方面的举足轻重和杰出贡献。

五

于敏的同事郑绍唐告诉我，于敏记忆力惊人，平时很少记笔记，但他满脑子装的都是数据。有时候，你告诉了他一个数字，过段时间你可能忘了，他还记得。靠大量的数据，他能很快对一个事物作出物理判断，许多人是不具备这个能力的。有一次，一位法国的核物理学家到原子能所做有关康普顿散射的报告。报告过程中，报告人还没有讲完实验结果，于敏就小声地对坐在旁边的何祚庥说，这个分支的比是 10^{-4} 至 10^{-6} 数量级。后来报告人给出的结果，果然如于敏所估计的。当时何祚庥觉得太神了，心中非常纳闷。报告结束后，何祚庥问于敏是怎么回事，于敏才告诉他如何进行量纲分析和数量级估计。

这也就是一个大科学家之所以为"大"之处。在此十年间，于敏先后发表论文、著作和译著二十篇。在中国工程物理研究院，人们普遍认为，于敏虽然说话不多，但他的总结性发言，往往带有权威性。他对时事的报告可以将人引进门开展工作。特别是新学科，开始时大家都不会，他就先做一个报告，大家就是按他报告的思路开展工作的。

老院长胡仁宇说："老于一直密切关注物理科学的最新进展，反应极为敏锐，勇于开拓新的研究方向。他具有深厚的物理学功底，能准确了解每个新事物的目的、意义，以及与我院事业的关系。"他举例说："早在20世纪激光发明以后，他就敏锐地察觉到，这是一种使能量在时空中高度压缩的技术，有可能在实验室里创造出瞬时局部的高温高压，实现与核爆相类似的物理环境。于是他从70年代中期就开始利用激光做能源，进行核爆过程的模拟研究探索，经过三十多年的努力已建成了相关的理论、实践、技术和工程队伍，为中物院事业不断向前发展做出了重大贡献。"事实上，中国工程物理研究院的许多工作都没有离开过于敏的引导。

于敏是一个大科学家。所谓大，是他能站得高，一眼看出事物的实质；能去伪存真，去粗取精，由表及里抓住事物的本质。于敏的同事认为，氢弹原理的突破，虽然是集体的智慧，但于敏的作用是关键的、不可或缺的。主要表现在他能集中大家的智慧，抓住事物的本质，及时地比较完整地提出氢弹原理的构想。这个作用是不可替代的。

但于敏又是一个普通的脑力劳动者。著名核物理学家王淦昌就说："我所接触的我国物理学家中，最重视物理实验的人是于敏。"严谨治学、一丝不苟是于敏最大的特点。不少人告诉我，作为一个大科学家，有许多事，不亲自去做也是完全可以的。但是，于敏对自己的要求是，不但要知其然，必须要知其所以然。无论是作为理论部的副主任，还是作为副院长，他从来不满足于听汇报，凡事自己要亲自看纸带画图纸。

他的同事郑绍唐回忆说，在中子弹的方案定案以前，所里不少同志到上海去做计算。当时于敏是所长,本来不去也可以,因为去的也都是专家。但是,他从来不轻易拍板,还是亲自去了上海。那年的上海很冷,但每次算出结果,他都要亲自画图。在胡思得走上院长岗位后,于敏对这位晚辈的要求还是那么实在和具体:"当了院长,也必须看纸带,不能光听别人的汇报,自己要身体力行。"

在中物院,有一件人所共知的事。一次,大家看到国外报道了一个重要元素的新的截面数据。如果实验数据是对的,将对核反应大有好处。但是,这个数据是否真实,鉴别的办法一般只有重做这个实验。这不仅要花大量的钱,而且还要花两三年的时间。一时所有的人莫衷一是。于敏对这个数据也不放心,为此,他花了不少时间来论证它。有一天晚上,他突然抓住妻子的手兴奋地说:"我搞清楚了。钱和时间都可以省下了。"

第二天,他很早就来到办公室,对自己的推导和计算再次进行了缜密的思考和检验。上班后,他给同事做了一个报告,分析了种种物理因素,然后宣布,这个数据是错误的。不久,国外的报刊也报道,有人做了实验,证明那个数据是错误的。

于敏的这种一丝不苟的科学精神和善于解决高难度问题的才能在同事们中间是有口皆碑的。

他的同事刘恭良介绍说,1976年夏天,天气很热。他正在上海算程序,许多程序都比较顺利,但是有一个,算了很多遍,结果就是不对。大家被难住了:如果说计算机有问题吧,可前面算的都是对的;如果说计算机没有问题吧,这个结果确实是错的。

就在大家手足无措的时候，于敏来了。他通过对大量纸带的研究，逐渐把出错的地方集中到一个小的范围内，然后确定是计算机出了问题。根据于敏的判断，通过检验计算机，发现果然是计算机的一个插件有问题。这个插件在前面的几次计算中一次也没有用到。于是，于敏告诉大家，搞科学，首先要有一个物理的判断，没有物理判断的人就是计算机的奴隶。

20世纪70年代末期突破第二代核武器时，有一次，热试验装置已经下到井口四米处，可是身在北京心在戈壁的于敏仍在苦苦思考着这次试验方案的理论设计有无不周的地方。他逐一考虑每个物理因素后，突然发现有一个物理因素在过去的历次热试验中虽然都不起作用，但是现在情况变了，应该考虑它的作用。第二天，他把有关人员请到他的办公室，一边布置对这个物理因素用多个程序进行计算，一边马上向国防科工委汇报，请求试验场地暂停作业，等待计算结果。

理论设计的任何一点变化都要牵动全局。而事已到此，才发现问题，这不但可能遭到领导批评，甚至还会使自己声誉受损。但是如果不汇报，导致试验失败，岂不留下千古遗憾。"事到万难须放胆，两害相权取其轻"，于敏在汇报时坦诚地做了自我批评，主动承担了理论设计不周全的责任。经过两天一夜的连续奋战，计算结果出来了：那个热处理因素虽然有一些影响，但无关大局，不需要采取加固措施。于敏又立即做了汇报，请试验场地马上恢复作业。这次试验最终取得了圆满成功。

他的同事认为，在于敏的心中只有科学，没有任何私心杂念。1968年氢弹原理试验，12月份的西北大漠，当时温度低于零下三十度。有一天夜里，程开甲半夜跑来说，测试台上一个项目屏蔽做得不好，要去看一下。于敏立即穿好衣服就去了。一百多米的铁塔，零下三十多度的气温，四十多岁的人，身体还不好，可是，他硬是爬到塔上，检查了铁皮屏蔽。

谈到这些，于敏只是说："搞核武器，周总理给了我们十六个字，'严肃认真，周到细致，稳妥可靠，万无一失'，每个人做事必须全力以赴，不能出半点差错。否则，经济上政治上人财物上的损失太大，而且还会浪费无价的时间。"

六

氢弹爆炸成功之后，中物院的工作进入了"相对平稳"的阶段。这个时候不少科学家纷纷离开了中物院，提拔的提拔，出国的出国……于敏说："我也想过离开中物院，而且科学院院长钱三强也提出，于敏是科学院的人，原子弹、氢弹已经搞出来了，我要发调令调你回来了。我何尝不想回去啊。回去我就马上可以出国深造，提升自己。"

说到这里他掩鼻半晌，良久才说："但是我反复权衡了自己的得失和国家的得失。邓稼先离开了，周光召离开了，虽然下面还有不少人，但掌握物理设计全面的也就是自己了。在这个时候把任务全交给下面，显然是不行的。"

再后来钱三强又几次提出，于敏每次都是拱手笑道："感谢一片好心。"

其实除了上述原因外,于敏比所有人更清醒地意识到:虽然我国成功地爆炸了原子弹、氢弹,但是任务远远没有完成,"两弹"还需要突破,"两弹"最终必须成为武器,这就需要大幅度地提高。这一过程同样须掌握好方向,不能走一点弯路,否则同样是对国家人财物的大量浪费。

正是由于于敏等科学家们的先见之明,中国在禁止地上核试验后,及时转入地下核试验,随即又在全面核禁试前取得了应有的试验数据,使中国的核武器事业始终没有受到影响。20 世纪 80 年代初,于敏就意识到惯性约束聚变在国防上和能源上的重要意义,为引起大家的注意,他在一定范围内做了"激光聚变热物理研究现状"的报告,并立即组织指导了我国理论研究的开展。

1986 年初,邓稼先和于敏对世界核武器科学技术发展趋势作了深刻分析,对我国所处发展阶段作了准确估计,向中央提出了加速核试验的建议。事实证明,这项建议对我国核武器发展起了重要作用。

1988 年,于敏与王淦昌、王大珩院士一起上书邓小平等中央领导,建议加速发展我国惯性约束聚变研究并将其列入我国高技术发展计划。他们的建议被采纳后,我国的惯性聚变研究进入了新的阶段。

1993 年后,他给新任院领导写信,提出核禁试后一定要把经验的东西上升到科学的高度,用经过实验校验的精密的计算机模拟来保障库存核武器的安全、可靠和有效性。

退休后的于敏虽然认为自己已经"垂垂老矣",但仍然关注着这一领域的最新动向。在那次采访中,他告诉我:"童年亡国奴的屈辱生活给我留下了惨痛的记忆,中华民族不欺负旁人,也不受旁人欺负,核武器是一种保障手段,这种民族感情是我的精神动力。"他还声色凝重地和我说:"现在的核武器又进入了一个新的时期和新的历史阶段。它有两个明显的特点:一是某些核大国的核战略有了根本性的改变。过去是威慑性的,不是实战的。现在则在考虑将核武器从威慑变为实战。二是某些核大国加紧研究反导系统,并开始部署,使得核对他没有威慑性。去掉了对方的威慑,就是新的垄断。我们当初是为了打破核垄断才研制核武器的。对此,如何保持我们的威慑能力,要引起足够的重视。如果丧失了我们的威慑能力,我们就退回到了50年代,就要受杜鲁门和艾森豪威尔的核讹诈、核威胁。但我们还不能搞核竞赛,不能被一些超级大国拖垮。我们要用创新的、符合我们国情的方法,打破垄断,保持我们的威慑。"于敏也同时说:"我想核武器最终会被销毁!"

七

中物院的科学家们,取得的成就是辉煌和令人震惊的,他们创造辉煌的环境和条件同样令人震惊。由于工作的需要,他们常年转战的是新疆、青海的荒野戈壁和四川的深山老林。工作条件之艰苦难以想象,有的地方甚至连基本的查资料看书的条件都不具备。在这样的环境下又承担的是那样的工作压力,许多科学家的身体都受到了很大的伤害。于敏作为"两弹"的核心人物更不例外。

1969年,我国首次地下核试验和一次大型空爆热试验并行准备,连着做。于敏参加了这两次试验。当时,他的身体很虚弱,走路都很困难,上台阶要用手帮着抬腿才能慢慢地上去。热试验前,当于敏被同事们拉到小山岗上看火球时,就见他头冒冷汗,脸色发白,气喘吁吁。大家赶紧让他就地躺下,给他喂水。过了很长时间,在同事们的看护下,他才慢慢地恢复过来。由于操劳过度和心力交瘁,于敏第一次在工作现场休克。

正当于敏他们在为祖国第一代核武器的研制呕心沥血、忘我工作的时候,有人直接插手核武器的研制工作,理论部被迫搬迁到"三线",不少专家被遣散到河南五七干校喂猪、放牛、种地。于敏、周光召等虽然幸免,但必须举家随大队人马迁往大西南。

1969年1月,于敏和同事一起踏上了去往西南的专列。因为临时加车,有站就停,有车就让,车速很慢。有时在深山峡谷中一停就是好几个小时。除了少数老弱病残者坐硬卧车厢外,大部分人挤在没有厕所的大闷罐车厢内。于敏本来身体不好,加上长途跋涉无法好好休息导致胃病发作,整整四天四夜,差点把他折磨死。

到了大西南的深山沟,住房、办公房还在抢建,条件恶劣,工作无从开展,可是热核试验的时间很紧,所以没过几天,上面只好又做决定,家属留在深山,科研人员全部返京。于敏带着还没有休息过来的身体、还没有治好的病只身回到了北京。

沉重的精神压力和过度的劳累，回到北京后的于敏的病情日益加重。军管组考虑到于敏的贡献和身体状况，特许妻子孙玉芹10月回京探亲。一天深夜，于敏感到身体很难受，就喊醒了妻子。妻子见他气喘心急，赶紧扶他起来给他喂水。不料于敏突然休克过去。孙玉芹赶紧叫醒邻居帮忙，一起把他送到医院，经过抢救才转危为安。后来许多人想起来都后怕：如果那晚孙玉芹不在身边，也许后来的一切就都不存在了。正是因为这个原因，军管组同意，作为特例，将于敏的妻子迁回北京。

这次出院后，于敏本来应该好好休息一下，可是为了完成任务，他顾不上还未完全康复的身体，再次奔赴大西北。1973年由于在青藏高原连续工作多时，在返回北京的列车上他开始便血，回到北京后被立即送进了北京医学院第三附属医院检查，在急诊室输液时，又一次休克在病床上。

于敏虽然身体不好，但是，从来没有因为身体情况耽误过工作。到退休前为止，他八上高原，七到戈壁，为我国的核武器事业，隐姓埋名，殚精竭虑，鞠躬尽瘁。他用实际行动诠释了"热爱祖国、无私奉献，自力更生、艰苦奋斗，大力协同、勇于登攀"的"两弹一星精神"。

对此，同事曾先才满怀敬意，他说："爱国就是爱这个事业，这就是老于给我的启示，老于是这样一个榜样。现在有人说爱国，却连基本的事业都不爱，怎么能说是爱国？"

八

一个伟大的科学家，必定有自己的独特之处。治学之于于敏就是这样。于敏先生告诉我："我对于科学研究的态度是八个字：'博学深思，由博返约'。博学，就要见多识广，跟各种人交谈、碰撞、交流，然后从中得到启发。'问渠那得清如许，为有源头活水来。'博学才是源头。学问不是天生的，是在广泛的实践中来的，实践出真知。我因为没有出过国，没有到过学术气氛和环境最浓的国家去深造过，所以，虽然也深思，但不在博学基础上的深思是狭隘的。"

他认为，在学术上对他影响最大的不是哪一个人，而是环境。他说："我很幸运，大学一毕业就到了近代物理研究所。当时这个所里有彭桓武、钱三强、王淦昌、胡宁等学有成就的人。在国内，学术氛围、环境条件都是一流的，对我的影响很大。当时核科学在创业阶段，自己还是'小学生'就参加了创业。在这个过程中，从这些长辈的身上可以学到大局观念。对一个刚进入科学殿堂的人来说，了解全面、打好基础是非常重要的。如果当时一下子就钻到了具体问题上，眼界也不开阔，对长远的发展是不利的。要从全局出发深入下去，在全局指导下来研究具体问题，探究它的特殊性。

"什么是由博返约？就是表面现象是复杂的、是五彩缤纷的，但是只要你深入下去抓到了它的本质东西，实际是很简单的，就像现在的'大统一'的大理论。宇宙之大、粒子之微，它也是统一的，最基本的规律是统一。所以由博返约，抓住本质、深入本质。不博，约就不可能很普遍很深刻。"

于敏说："我很羡慕现在的年轻人，改革开放，他们有各种机会接触各种人，都会比过去好得多。人是时代的产物，我是特殊时代的特殊产物，只是在这个时代我尽了我最大的努力。"于敏认为，对于科学家来说，正式的职业是科学研究。他说："我虽然在国内是一流的，但没有出过国总是一种遗憾。如果年轻时能够出国进修或留学，对国家对科学的贡献或许会更大。"

于敏的一生中，应该说有无数次出国的机会，但是由于工作的关系，他都放弃了。

1962年，诺贝尔物理学奖获得者A.玻尔来北京访问，亲口邀请于敏到哥本哈根去工作。但是，由于当时于敏的工作已经转到了氢弹理论的研究，他谢绝了。

近三十年，于敏的名字是保密的。1988年，他的名字解禁后，第一次走出了国门。但是，对这一次出国，于敏至今说起来甚感尴尬，也颇有自己的一番心得。由于工作的关系，于敏此次出国是以某大学教授的身份去美国访问的。在不到一个月的时间内，尽管去了许多地方，但他始终像个"哑巴"：要问也不方便问，要说也不方便说，很不好受。他说，幸好也没有人对他提问题，如果问他某大学的情况，他除了知道在上海外别的啥也不知道。

他说："我这一生在和别人的交流方面有无法弥补的欠缺。博学，就必须交谈，交谈就不能是单方面的，不能是'半导体'，必须双向交流。但我是从事核武器的,保密性很强,对我来说,和外面接触总有一个阀门,因此交谈起来吞吞吐吐,很别扭。不能见多识广,哪能博学?不能交流又哪来考察的收获?所以,从那以后,我就决定不再出国了,把机会多让给年轻人。这样对这些年轻人,对我们的事业都是有好处的。"对于出国深造的年轻人他总是语重心长地嘱咐:"不要等老了才回来,落叶归根只能起点肥料的作用,应该开花结果的时候回来。"

在采访中,不少人向我们介绍,于敏是一个淡泊名利、不愿当官的人。虽然由于他在这一领域的无可替代的作用注定了他必须要走上领导岗位,但他始终认为自己更适合当一个课题的领头人。因此,1971年当他得知组织上决定让他当九所的副所长时,他像得了一场病。他不是不想负责任,他认为自己做什么事要么不做,要做就得做得最好。而当官实在不是他能做得"最好"的。于是,他总是在拒绝。

于敏的同事评价于敏说,在科学界学术水平高的人不少,但像于敏这么学术水平高又虚心且对人诚恳的人不多。他给同事讲东西从来不保留,从来不怕别人超过自己。改革开放后,一些中青年科学工作者在他的启迪下,写出一些颇有见地的论文,写上他的名字请他审阅时,他常常把自己的名字抹掉。

他的同事回忆说,于敏很少发脾气,但发起脾气也吓人得很。"文革"期间,有三次试验没有观察到预期的现象。作为试验,成功了自然可喜,失败也并不是不可能。但当时就有人把这个纯粹的技术问题上升到政治问题。于敏看穿了这些人的无知和险恶用心，怒从心升，拍案而起："你们就是把我抓起来，我也绝不能同意你们的意见。"当时许多人是为他这一"怒"捏了一把汗的。因为就在这之前，一位医务工作者因为一个小小的事故，被说成是有意破坏，丢掉了性命。而在这种环境下，于敏不畏强暴、坚持真理的精神，更令人敬佩。

九

在中国的历史上，有一个特有的名词——"三线建设"。这一建设缘起于1958年的中苏交恶。中央总结抗战的经验，进一步认识到中西部地区的重要战略作用，于是开始了长达二十余年的三线建设，在中国的中西部尤其是四川盆地进行了国防工业和国防科研的布局备份。三线建设，一方面需要相对便利的交通作运输的保障，另一方面需要背靠大山作安全的保障。1958年通车的宝成铁路解决了交通问题，而独特的地理地貌决定了四川成为三线建设的重点地区、理想地区。后来，毛泽东更明确提出了"靠山、分散、隐蔽布点"的指导思想。就是在这种背景下，1969年，称得上中国工程物理研究院心脏的某研究所，在没有进行认真调查的基础上，也不得不从北京迁到四川的深山老林中。可是，由于那里的工作条件太差，无法开展工作，当年，这些科学家们又不得不从四川返回北京。可是人回去了，家属却留在了四川，更可怕的是户口没有回去。在那个吃饭靠户口、上学靠户口、买东西靠户口、就业靠户口，甚至买一块肥皂都要户口，没有户口寸步难行的年代,这些失去户口的科学家们的日子是怎样的就不言而喻了。那个时候,这些人在北京吃饭,先得在户口所在地四川拿到地方粮票,然后再换成全国粮票,然后再寄回到北京,才可以买到生活必需的粮油等。有时候眼瞅着过年了也拿不到副食票。因此,这些本来就是属于北京的人,直到1989年才解决了北京户口。这期间对每一个人来说,都有一些难忘的经历。有一次于敏病了,到北京三院去看病,就借了别人一个户口。到了医院,经不起三问两问,于敏就露了馅。结果只好老实"交代"。

户口问题确实给九所的科学家们带来了许多问题,后来邓小平同志了解了这一情况后,做了一个批示:"临时户口正式待遇"。这之后,九所科学家们的日子才算好过了一点。

另外,当时的居住条件之差,也是科学界少有的,连邓稼先等大科学家们住的都是筒子楼。由于楼内走廊里到处都有火炉子,安全条件极差,因此,北京市多次检查,都是火警一级单位。此事后来惊动了中央领导,才盖了稍好一点的房子。

于敏还给我讲了一个故事,就是邓稼先在世时,杨振宁博士回国点名要到邓稼先家里看一看。这下可难坏了邓稼先,因为他家徒四壁,连个让老同学坐的地方都成问题。情急之下,于敏建议,从办公室里抬几个沙发应付一下。

一心不可二用,对于于敏这样的大科学家来说,这句话仍然适用。由于他把心思和精力全放在了工作和事业上,所以在生活中屡屡出现一些让人忍俊不禁的事。有一次妻子让于敏去食堂买饭，于敏到食堂买了包子和米饭装进一个食品袋子中，一边走一边翻看一些兜里揣着的记事的纸条，结果袋子让路边的树枝划坏，包子、大米撒了一地，逗得周围的人哄然大笑。

还有一次，他见妻子忙便破天荒地要求帮妻子做点家务。妻子想了想便让他把衣服放进洗衣机里，然后加进水。就是这么简单的活，可是于敏一干就是好长时间，妻子走过去一看，才发现他没关排水阀，结果两人啼笑皆非。

于敏有个孙子，名叫重重，退休后，每个星期，他都要和孙子一起逛公园逛大街，给孩子讲故事。如果说中国人身上传统的隔代亲已经使爷孙的关系亲密无间的话，于敏对儿子和女儿的歉疚的转移，更使这种关系到了无以复加的程度。他的一些好友告诉我，于敏经常问他们："我孙子把你排在第几位？"如果发现别人的位置在前，就有点闷闷不乐。可见于敏对孙子疼爱之深。他感叹，儿童性格琢磨不透。也许正是这个原因，于敏曾一度关注儿童心理研究。

国之情怀，家之情怀，在于敏身上，均感人肺腑、熠熠生辉。

由于学习和工作的繁忙，多年来于敏的休息时间一天只有六个小时左右。而至少有 50 年，于敏是靠古诗词的安眠来完成这六个小时的睡眠的。他一边说一边给我们背起了白居易的《琵琶行》："浔阳江头夜送客，枫叶荻花秋瑟瑟……"

翻阅一些科学家的传记，会发现一个有趣的现象。诺贝尔业余时间爱作诗写小说，爱因斯坦科研之余则是拉小提琴，而于敏的爱好却是古典文学。科学家们除了聪颖过人惊人相似外，爱好原来也是如此惊人相似。而这看似不相干的爱好，是他们思维、灵感的源泉，还是精神和生命的驿站？

在谈到于敏对古诗词的爱好时，一位跟随于敏多年的同事曾先才给我讲了这样一件事：20世纪80年代，完成了突破新型初级小型化原理的任务后，中子弹的研制也进入加速期。一次次的试验，许多如于敏一样的科学家，不但工作超负荷，而且还承受着常人难以想象的压力。有时候，还会因为一些无法避免的试验误差遭到难以预料的打击。

有一次核试验，在研制基地做了三次仍未观察到预期现象。当时就有人大做文章，下令邓稼先、于敏等人参加"学习班"，使于敏等科学家们的身心受到摧残。于是，在某次中子弹试验前的一次汇报会上，于敏、陈能宽感慨系之，两人一人一句地背起了诸葛亮的《后出师表》："……以先帝之明，量臣之才，固知臣伐贼，才弱敌强也……"最后，于敏背道："臣受命之日，寝不安席，食不甘味……夫难平者事也！昔先帝败军于楚，当此时，曹操拊手，谓天下已定。然后，先帝东连吴、越，西取巴、蜀，举兵北征，夏侯授首。此操之失计，而汉事将成也。然后，吴更违盟，关羽毁败，秭归蹉跌，曹丕称帝。凡事如是，难可逆见。臣鞠躬尽瘁，死而后已。至于成败利钝，非臣之明所能逆睹也。"

当于敏一口气把《后出师表》背诵到底时，在座者无不以泪洗面，会场内只闻泣声一片。对于内向的于敏来说，在那样的环境下，背诵《后出师表》，该是怎样一种心境啊！

也许，正是这厚重的唐诗宋词，正是这高扬着民族精神的古文化，熏陶、浸润了于敏，使他的生命价值如此紧密地和国家的命运结合在一起。

我曾问于敏，在这个世界上，您最崇拜谁？

他笑了笑说："我不喜欢'崇拜'这两个字。没有追星爱好，所以我不崇拜谁。但这个世界上有不少我敬佩的人。比如，有贡献的科学家、政治家，只要他对人民做好事，对国家做好事，我都敬佩。

"但我最敬佩的还是民族英雄，"他接着说，"比如岳飞、文天祥、于谦、林则徐等。中华民族有五千年的文明史，四大文明古国也只有中华民族的东西延续下来了，这里有它特殊的原因。这个特殊的原因就是中华文明的精髓，就是'忠君'，'君'就代表国家，'忠君'也就是热爱祖国；另外就是热爱人民。'先天下之忧而忧，后天下之乐而乐'就是典型的代表。正是这样一种思想形成了民族的凝聚力。中华民族才能多次衰而复振，才能绵延不断。这些精神首先体现在民族英雄身上，因为过去没有办法体现在科学上。

"林则徐是我最喜欢的民族英雄之一，他是中国第一个睁眼看世界的人。他一生以天下为己任，'若鸦片一日未绝，本大臣一日不回，誓与此事相始终，断无中止之理'。坚贞不屈，令人敬佩。1839年在他的亲自主持下，将重达两百余万斤的鸦片在虎门海滩当众销毁，为中华民族建立了殊勋。1840年他遭谗言被贬新疆，在离别家人赴伊犁时写道：'苟利国家生死以，岂因祸福避趋之！'这是他不顾个人安危、忘我牺牲、忠贞爱国的高尚品格的真实写照。

"岳飞,正是把'精忠报国'作为一生的座右铭,才有了后来的身经一百二十六战,没有一次败仗的辉煌,使对手慨叹,'撼山易,撼岳家军难'。他的《满江红》直到今天仍然有振奋人心的力量。"他一边说一边背起了《满江红》:"怒发冲冠,凭栏处、潇潇雨歇。抬望眼,仰天长啸,壮怀激烈。三十功名尘与土,八千里路云和月。莫等闲、白了少年头,空悲切! 靖康耻,犹未雪。臣子恨,何时灭!驾长车,踏破贺兰山缺。壮志饥餐胡虏肉,笑谈渴饮匈奴血。待从头、收拾旧山河,朝天阙。"当一位年近八十的老人用一口正宗的北京话朗诵完毕,在座者无不惊叹!

从于敏对这些英雄人物的熟悉程度,不难发现他对他们的敬佩之情,以及这些人对他的影响之深。

于敏还告诉我,于谦,跟他同姓,留下名句至今脍炙人口:"粉骨碎身浑不怕,要留清白在人间。"于家在历史上还有一位名人,是于成龙,天下第一廉吏。说完,他又大笑起来。

"我经常看这些民族英雄的一些东西,对于他们的精神我是心向往之。"

于敏说:"有一个现象值得深思。刚解放的时候,当时的生活条件、工作条件都没有现在好,但是不少人放弃国外优厚的生活和待遇回了国,那时的人到国外学习是为了报效祖国,他们热爱祖国之心是很明显的。现在生活工作条件好了,又是中国难得的创业时期,回国反倒没有过去踊跃了。我认为,现在国内是振兴中华、创新超越、与时俱进的时候,是很难得的机遇,回国创业大有可为。我为什么能有今天的成就,因为我参加的全是创业的工作。创业才能很好地发挥才能,才能使心灵得到安慰。在国外,不管怎么说都是寄人篱下。即使你有了再大的成就,最后也都是 BOSS 的,没有自己的。"

于敏说,出现这一现象的其中一个原因是我们的宣传出了一些偏差。他认为,出去的人不是没有爱国热情,而是我们本身对中华民族的传统文化、优秀文化强调得不够。我们的电视电影不是慈禧就是和珅,给人的印象是:"原来我们的祖先都是这样的。"一个民族多了正气才能长盛不衰。没有对自己文化的理解,对自己的民族产生自豪感,爱国热情、民族凝聚力就要削弱。要宣扬民族精神,宣扬正气,要给人以鼓舞。

鲁迅说:"我们自古以来,就有埋头苦干的人,有拼命硬干的人,有为民请命的人,有舍身求法的人……这就是中国的脊梁。"

改革开放四十年,正是因为有如于敏一样的一大批埋头苦干、拼命硬干的人,中国的面貌才发生了翻天覆地的变化,炎黄子孙的腰杆才更加挺直,中国的国际影响力才显著提升并日益走近世界舞台中央,实现中华民族伟大复兴的目标才更加接近。

他是中国的脊梁!

他也挺起了中华民族的脊梁!

历史不会忘记!

民族不该忘记!

本　色

  2018年11月9日是一个阳光灿烂的日子，我怀着愉快的心情，专程从成都赶往绵阳，拜会倪润峰并约他共进晚餐。

  在这之前的1999年至2004年五年间，我作为新华社的一名记者曾多次采访倪润峰，做了不少有关他和长虹的报道，包括内参。也有很多谈话内容，我一直精心保存，没有整理成文发表。后因转行，我离开了绵阳，中断了和他的联系。

  于是，我找到我的老朋友、资深记者何玉文，谈了我的想法，请他帮助联系。我的理由是，在纪念改革开放四十周年的时刻，全国人民，至少四川、绵阳的人们最不应该忘记倪润峰。因为我始终认为，没有倪润峰就没有长虹，没有长虹中国人也许至今仍在用外国生产的电视。就凭这一点，人们就不应该忘记他。

  也许是这句话起了作用，倪润峰欣然答应9日相见。

  相见的地点是绵阳涪江边的一家饭馆，距离他家很近。他是在夫人闫华的陪同下，出现在我们面前的。他面色清癯红润，虽头发花白，但比我想象中的还要健硕；他十多年前做过髋关节的手术，那次手术后，我们还见过面，还谈到手术的情况。那时他告诉我："前些年就想做，考虑到国内的技术还不成熟，就推到了现在。"今天见他走路稳健，亦证明手术非常成功。尤其是留在我印象中的便便大腹消失后，更显得清爽精神。

寒暄过后，我递烟过去，他摆摆手："戒了，四年了。"

而在我的记忆中，他曾是烟不离手。

"退休后的日子怎么安排？"我问。

他笑着说："和大多数退休老人一样，锻炼身体，看看书，看看电视。"

接着，他指着电视里正播的新闻说："这个进口商品博览会开得很好，中国第一次，全球恐怕也是第一次，真是大国的视野、大国的气度、大国的姿态。"

处江湖之远，他还是那么关心政治、关心大事，真的是江山易改，秉性难移，我在想。

是的，从1999年算起，我认识他已经有二十年了。二十年，他给我的印象是深刻的。经过二十年的过滤和沉淀，他的形象、性格特征在我印象中越来越清晰：关心政治、关心政策、关心天下大事，最终天衣无缝地和自己所做的事链接起来；敏感敏锐、能言善辩、精力充沛、敢做敢当，认准的事情，八头牛拉不回来；三句话不离国企，离了国企就无兴趣说话，对国有企业的问题有深刻独到的见解；复杂问题简单化，理性问题形象化，说话一针见血，语言诙谐幽默；位卑未敢忘忧国，把自己做的事放在国家民族的高度来对待，最早提出"以企业振兴、民族昌盛为己任"，别人骂他装，他置若罔闻身体力行……

他不但成功阻挡了外国电视在中国的"横行霸道"，而且把中国的电视打到了海外。

和倪润峰谈长虹，我的脑海里总会出现一艘在大海中航行的巨轮的景象。是的，如果把长虹比作一艘大海中的巨轮，他就是一个优秀船长，不但能够制订详细的航行计划，标识可能遇到的风险，而且熟练仪器，熟悉海图，技术精湛，能够稳控并指挥巨轮通过狭水、大雾、风浪；不但有高超的航海技术、卓越的管理能力，而且有极其强健的体魄和良好的素质修养。

就在我们相见后的11月26日，《人民日报》刊发了《关于改革开放杰出贡献拟表彰对象的公示》，倪润峰赫然在列。

公示中这样写道：倪润峰，男，汉族，中共党员，1944年2月出生，山东荣成人，原四川长虹电子集团有限公司党委书记、董事局主席，第十五届中央候补委员，第十四届全国政协常委。他顺应时代潮流，勇于尝试与探索，科学地把军工技术、工艺、检测及质量控制手段移植到民品研发生产上，实现单一的军品生产到军民品结合的战略转移，带领长虹率先成功探索出"企业的军转民"道路。将长虹从一个普通军工企业打造成价值百亿级的中国彩电大王，为中国彩电业走向世界奠定了良好基础。荣获"全国劳动模范"等称号，享受国务院政府特殊津贴。

其实，他的荣誉还有：1990年被中华全国总工会授予"全国优秀经营管理者"称号和五一劳动奖章；1994年荣获全国优秀企业家金球奖；1996年被评为"95中国商界十大风云人物"；1998年获第三届日经亚洲大奖、"中华人民共和国十佳工业企业经营者"称号，同年世界统计大会授予他"经营管理大师"称号等。支撑他的这些光环的是，他所领导的企业产品、产量、利税连续五年在同行业位居第一，是全国首批、四川首家一级企业。

12月18日，庆祝改革开放大会在北京隆重举行，党中央国务院表彰了一百名改革先锋，倪润峰就是其中之一。

他就是这样一位人物。

作为改革开放四十周年，党中央国务院表彰的先锋人物自然当之无愧。

我无意去写长虹的发家史和发展史，更无意去对比长虹的过去和现在，虽然这看起来对认识倪润峰非常必要。

梳理长虹的发展史料，我越来越觉得倪润峰在长虹成长的关键时刻所做的几件事，对长虹产生了深远的作用和影响。这种影响绝对可以理解为"没有倪润峰就没有长虹"。

这当然是值得我们喝彩的。

但除了喝彩之外，我们是不是更应该深层次地思考一些什么、总结一些什么，从而得到一些启示呢？比如：为什么是倪润峰而不是别人？是倪润峰们创造了那个时代，还是那个时代造就了倪润峰们？

自1999年至2004年，我曾多次在他的办公室、在他的科技大厦的平台上，或沐浴阳光，或仰望星空，和他一起喝茶聊天，感受他思想的深邃、见识的广博、语言的诙谐。和他的谈话记录以及录音就有几大本（盒），多少年了，我一直精心保存着。

谈话内容有对当时事件的评价，比如谈到有些地方在纪念包公诞辰时，他哈哈一笑说："与其纪念包公的生日，不如纪念他的三口铡刀。龙头铡铡皇亲国戚，虎头铡铡贪官污吏，狗头铡铡流氓地痞，没有这三口铡刀，包公也就是宋代的雷锋。"而谈话的大部分是围绕长虹的一些重要事件、国有企业的一些现象和问题。

因此在写这些事时，除了长虹等几个核心人物的访谈外，我将尽量多用他最近的和那时的谈话，还原他的一些想法和认识，体味他语言的魅力，从而准确地解释他为什么要那样去做，为什么敢那样去做。尽量少用我自己的可能漂亮但却很主观的文字描述，这很可能产生对主人公或拔高或贬低的臆断，而不利于接近客观和真实，更不至于使主人公淹没于或华丽腻人或枯燥干瘪甚至注水式的文字叙述之中。

这其实也是对主人公的起码尊重，对读者的起码尊重。

一

绵阳，位于中国大西南四川盆地的西北部。自公元前201年汉高主设置涪县以来，已有两千两百多年的建城史。绵阳的地势西北高、东南低，冈岭起伏，山河交织。悠悠涪江迂回曲折贯通全境。绵阳不但历史悠久，资源富饶，而且文化深厚、人杰地灵。

在中国的历史上,有一个特有的名词"三线建设"。这一建设缘起于 1958 年的中苏交恶。中央总结抗战的经验,进一步认识到中西部地区的重要战略作用,于是开始了长达二十余年的三线建设,在中国的中西部尤其是四川盆地进行了国防工业和国防科研的重点布局备份。

三线建设,一方面需要相对便利的交通作运输保障,另一方面需要背靠大山作安全保障。1958 年通车的宝成铁路解决了交通问题,而独特的地理地貌决定了绵阳成为三线建设的重点地区理想地区。后来,毛泽东更明确提出了"靠山、分散、隐蔽布点"的指导思想。

就是在这种背景下,1958 年长虹在绵阳破土动工。当时它叫国营长虹机器厂,是我国"一五"期间苏联授建的一百五十六项重点工程之一。也是当时国内唯一的机载火控雷达生产基地。

长虹,曾为我国的国防事业做出过卓越贡献。

在倾力军品生产、保障供给的同时,1972 年长虹也开始了军转民的探索,这年的 12 月试制出第一台黑白电视机,四年后的 1976 年试制出第一台彩色电视机。

但是拿到"准生证"并批量生产是 1985 年的事。

如果据此就说长虹的军转民已经成功,那未免太早太草率。真正的成功应该从 1986 年引进日本彩色电视机生产线算起。因为从此它不但在绵阳的十多家军工企业中真正蹚出了一条军转民的路子,而且迅速做强做大后走出了国门。更重要和标志性的应该是它改变了国家的产业(电视)格局。

因此，剖析长虹为什么要引进日本彩电生产线，就是一个非常重要的、不能绕开的话题。

倪润峰1967年毕业于大连工学院（今大连理工大学），专业是机械制造。因为众所周知的原因，他大学读了六年。本科毕业后他拿到的派遣证是长虹国营机器厂（绵阳），但报到地是山东潍坊1617农场。

这是一个军工农场，他到那里是锻炼。去的时候是9月，他至今记忆清晰：白茫茫的盐碱滩，野茫茫的芦苇荡；庄稼已经基本收割完毕，白天下地劳动，主要是收拾秸秆、翻地。晚上无事，就绣毛主席的像。空闲时，他还和另外一个同学学起了画画。就从那时起，受那个同学影响，他学会了抽烟。

他说在农场的两年多时间里最大的收获是锻炼了身体、强健了体魄。两年后才正式到长虹上班。说起这段经历，他说他差点和长虹擦肩而过。

他们完成了在农场的锻炼刚刚前脚踏上去绵阳的火车，长虹分管人事的人后脚就赶到了农场。来人的目的是和农场商量，希望就地安置在农场锻炼的他们。但火车已经开了，那时通信也不方便联系不上，那人就无功而返了。

用倪润峰的话说，那时的长虹很牛，不缺人，搞军品的人很清高。

到了长虹，他先当工人，上铣床，后做技术员搞军品设计。再当厂长助理、副厂长。1985年出任长虹机器厂厂长。那时的长虹机器厂对外还是一个代号——780厂，通信地址是305信箱。

谈到他当了厂长后的处境，倪润峰说："军品研制型号多、单个机型的数量又很少，所以费用很高，军品生产的资金就成了一个很大的问题。有时候发工资都是问题。为了长远发展，必须走保军转民的路子，就是靠民品生产赚的钱来保军品的生产。这是当时长虹的出路。路子是对的，大家也没有争议。但具体搞什么、怎么搞，众说纷纭。"

有的人认为军品生产的确困难，但无风险有保障，搞别的没经验，选不对项目会更糟，连眼下的日子也保不住；有的人认为跃进路同样的军工企业这么多家，都维持现状，长虹没有必要冒风险；有的建议小动，先选个投资小的项目试探着搞，成了再往大做，不成也不会伤筋骨；有的人永远摆脱不了怀旧的情结，认为长虹的立厂之本就是军品，其他都是歪门邪道……

这种众说纷纭的结果对倪润峰来讲是意料之中的。他对长虹的艰难处境十分清楚。

他说：论天时，计划经济的绳索还捆着国有企业；论地利，长虹在内陆腹地，交通不便信息闭塞；论人和，绵阳偏居一隅，人的观念落后，小富即安，军工人又自恃清高，谁要先行一步总有人反对。

俗话说，"家有千口，主事一人"。

事就是这么些事，情形就是这么个情形，怎么办？是你老倪的事了。

他说："国有企业希望都不变，一条道跑到黑是最好的。而市场在变，竞争对手在变，以不变应付变，最终是落后。你要想前进,就必须给自己树立一个更高的目标要求,等达到了这个目标或者将要达到这个目标的时候,新的目标又要马上提出来。因此,要求管理者在走上这个位置之后,必须是全企业最辛苦的人,最挨骂、最牺牲的一个。"

老倪压根儿没想四平八稳地干。

他说:"我当厂长就是给职工找活干的,就是给企业找效益的,安于现状、循规蹈矩、老想着自己的帽子和仕途,我就不做这个厂长了。"

显然,出任厂长挨骂、需要牺牲,他早想到了,他是有准备和底气的。

在当厂长前,他已经当了几年的副厂长,他告诉我:"我当副厂长时管生产,厂长经常不在家,人财物产供销你不管不行,要误事。虽是副厂长干的是厂长的事。1985年初又提了一个副厂长,提拔了就去学习了,就我一人管。那时也没钱,就过问钱,怎么搞钱。就学习财务,出差拉着财务科长,一路提问学习。中国的国有企业,一把手往往都是搞技术出身的,有很大的不利一面。当然我也是搞技术的,但当头应是杂家,技术太专往往拔不出来。企业家应该是复合型人才。"

在做副厂长时,他不但研究自己的企业、国内的企业,也研究学习国外的企业,从学习比较中获得了很多知识和信息。看到了国企和外企的差距,也看到了国企负责人和国外企业家的差距(国内普遍叫负责人,国外叫企业家)。正是这些积淀,使他站得比别人高,看得比别人远,定位比别人准。

他说:"任何一个企业家要清楚了解自己的企业眼下吃哪碗饭,经过努力后能吃哪碗饭。但是再长远就很难看到了,谁都很难,我也看不到。能看一两步棋就不错了,再远就是吹牛了。但对一个真正的企业家来说,关键是机会来了,你能不能抓住。机会对谁都是平等的,要心中有数。螳螂捕蝉黄雀在后,怎么当黄雀?黄雀的基本功你得有!

"做东西,我研究日本人。电视机并不是日本人的专利,但日本人赚了大钱。它与德国的作风很像。比如汽车,德国的汽车,比如奔驰、宝马,卖的价钱就高,就是不怎么出问题,坐着舒适,从哪个角度都挑不出毛病。或者说别的汽车就比不上它。所以我看了日本的东西,顶住重重压力,力排众议,坚持抢在国家相关政策关门前夜,从日本松下引进了最新一代彩电生产线。这是当时国家批准引进的最后一条彩电生产线,也是同时期引进的国内同行业中自动化程度最高、单班生产规模最大的一条生产线。"

真像他说的这么容易这么轻松吗?

其实不是。后来有人告诉我,就在他把要引进日本的彩电生产线的想法提到会上决定时,支持者有之,径直反对的也大有人在,好言相劝的也不在少数,甚至有人提醒他"小心犯错误进监狱"。他大手一挥:"散会!今天的会就当没开,犯错误我一个人顶着,决不牵连你们任何人。"

人逢万难须放胆。但"胆"必须建立在"识"的基础上,方为有胆有识。识为先,胆次之,无识之胆,就如盲人骑瞎马,如果还要快马加鞭那就更加危险。

正是倪润峰的远见卓识、敢于担当、敢为人先，使长虹一夜间从名不见经传到跨入中国电视行业第一集团军。为真正的转型成功迈出了决定性的一步，也为成就日后中国的彩电大王奠定了坚实基础。

二

"在军转民的道路上，前无古人，长虹发展的每一步都在探索。"倪润峰自信中带着谦逊，"我们从日本引进技术、设备，人家把图纸也给了你，但是你消化不好、吸收不好、不能创新，即使拿了别人的设备也生产不出别人的产品。"

也许是出于这样的认识，长虹与很多同行企业"重引进""轻消化"不同，从引进松下彩电生产线的那一天开始，倪润峰就组织技术和工艺设备部门进行攻关。

谈起这段历史，著名企业家，曾为倪润峰助手、后出任长虹主要负责人、现任四川投资集团董事长的刘体斌告诉我："在倪润峰的主导下，长虹沉下心来自主创新，在自主创新中持续开放合作，与国外多家知名企业建立联合实验室，积极参与全球各大展会与技术论坛，博采世界行业优秀企业的技术和产品，企业始终保持了与全球行业同步的眼光和活力。从黑白到彩电，从卧式到立式再到遥控，从球面显像管到平面直角、超平、纯平，从小屏幕到大屏幕、再到背投超大屏幕等，长虹很快掌握了现代化全自动彩电生产线的设计和制造技术，为在90年代持续快速扩大生产规模打通了现代化装备通道。一度被人认为长虹的动向就是彩电的方向。

"90年代之后，发达国家的彩电市场逐渐开始进入大屏幕时代，25、29寸成为市场主流。而此时国内市场还是21寸为主。倪润峰力主加快开发大屏幕彩电技术。平常要求过紧日子的倪润峰，对技术研发、升级改造的投入却非常慷慨。1991年之后，长虹选派技术骨干远赴海外建立联合实验室，不惜重金整合国内外技术资源，开发出了数款代表性的高端大屏幕彩电机芯。以此为平台，长虹很快推出了可与松下、东芝、索尼媲美的'红太阳一族'高端彩电系列，功能、技术、质量、水平远超同时期国内其他同行企业。2001年，长虹在彩电高端市场又再度发力，推出'精显王'系列背投彩电，这给当时因玩概念、低价恶性竞争后遗症而萧瑟遇冷的行业带来阵阵暖意。"

是的，如果说在引进上，倪润峰展示的是胸有成竹的魄力、担当、大气，那么在消化吸收创新上他展示的则是如履薄冰的耐心、精心、小心。

胆大心细、大处着眼、小处着手、眼高手高，正是倪润峰鲜明而突出的性格特征。这种性格特征在一定程度上讲，也是企业家共同的性格特征。

当时，中国搞市场经济时间还不长，都是摸着石头过河，但流行一句话：人无我有，人有我优，人优我转。

长虹也不例外。面对瞬息万变的市场，倪润峰审时度势，浮舟沧海、洞察风云、窥寻机遇、果断决策，驾驭着长虹这艘巨轮在市场经济的大潮中一次次闯关夺隘，连打组合拳，高招迭出，招招领先，取得了决定性胜利，展示了一位有雄才大略的企业家的智慧和风采。

就在彩电炙手可热的1988年，长虹意识到高峰过了是低谷，不能等低谷来了再转型，于是果断减产热销的18寸卧式彩电，向市场大量投放刚研制出的国内第一台平面直角立式遥控电视机。新品一上市立即引领国内彩电新潮流。

长虹的资深高管郭德轩，几十年基本负责的是长虹的销售，几乎是和长虹一同沉浮一同成长的。

他回忆说，市场经济千变万化，今天还是艳阳高照，明天就可能是阴雨连天。1988年12月，刚刚热起不久的电视机市场，一下子又进入了严冬，市场上基本看不到电视机。原因是国家出台政策，将对每台电视机征收六百元消费税。商家怕这笔税收到自己的头上，停止了进货。倪润峰看得明白，并非消费者不想买彩电。于是他根据自己的判断果断做出决定，派百名精兵强将奔赴成都、重庆、攀枝花等地推销长虹彩电，不到一个月时间，收回资金1.5亿元。就在长虹大打"直销"牌的同时，许多同类厂家却急得团团乱转，不知道如何是好。第二年彩电市场依然疲软，"直销"战略也不见效了。怎么办？倪润峰又大胆打出"价格战"的牌：每台降价几百元，让利消费者。此牌一出，长虹一下子又成了消费者的宠儿，三十万台积压的彩电半年基本售空。这回同类企业不再观望、不再沉默，而是纷纷"上京告状"，告长虹违反国家物价政策，扰乱全国彩电市场，强烈要求对长虹实行制裁。所幸的是倪润峰没有受到制裁。仅仅过了五十多天，国家就出台了政策，放开了彩电价格的市场。

说"所幸"其实是局外人的庆幸，而对老倪来讲，从来没有侥幸和所幸。因为所有的决策都是经过了他对市场、对政策的反复研究、深思熟虑，听取大家（按他的话是少数的意见，他认为做决策只能是少数人的事）的意见后做出的，而绝非盲目拍脑袋拍板。

经过这样的努力，历来霸气的倪润峰底气十足地说："长虹的质量控制可以说是彩电行业中最严格、最严密的一家，不管在哪一个环节都可以保证质量。与国际一流品牌企业产品对标，它们拥有的技术，长虹拥有；它们拥有的功能，长虹具备；同样的质量，长虹具有30％的价格优势！"

对于一个企业来说，在技术、质量、功能、价格都占领制高点后，规模就显得十分重要。但上规模要资金。资金从哪里来？当时国内证券市场处于起步阶段，许多人（也包括许多企业家）不了解，也有一知半解的，但仍不知道从何下手。倪润峰敏感敏锐，面对这一新生事物，自己苦学、请教专家、国外考察，及时抓住了这一重大历史机遇，于1994年3月11日，把"四川长虹"推向资本市场。优秀的业绩激发了资本市场，使长虹的规模、实力大大增强，1995年就登上了中国电子百强榜首。

"1992年以后，随着越来越多的跨国公司在中国市场发力，各个行业的本土品牌都面临空前的冲击，其中彩电企业经历了最艰难的苦战时刻。此时的长虹虽然已经具备了相当的资金实力和技术实力。但是,由于品牌影响力不足,在与国际品牌的竞争中始终处于下风。怎么办?此路不通走彼路。1995年,倪润峰在国内家电行业率先提出企业使命是'以产业报国、民族昌盛为己任'。倪润峰振臂一呼,其余国产品牌彩电企业纷纷改弦更张,举起民族品牌大旗,也形成了一种浓厚的公众心理氛围。在此情形下,倪润峰决心在已经拥有相当的技术与质量基础上,用自己的价格优势拼掉对手的品牌优势。"刘体斌如数家珍,不无佩服。

倪润峰说:"1995年我思考了整整一个冬天,直到春节还在算账,考虑来、考虑去,得出的结论只有一个——不降价不行!经过谋划,长虹于1996年3月26日宣布:旗下彩电降价8%—18%!长虹的这股降价风潮顿时在全国彩电市场上掀起风暴,其他国产彩电品牌随风跟进,沉寂多时的消费被彻底激活。长虹的市场占有率从年初的22%猛增到年底的35%,超过所有国际品牌,市场老大地位进一步强化。到1996年底,在全国彩电市场上,长虹等国产品牌已经占到了70%以上的市场份额。到了90年代后期,日本家电企业逐渐失去了原有的领先优势和品牌号召力。"

倪润峰由此被媒体认为是中国家电业在改革开放浪潮中,首举大旗率众击败洋品牌、扛鼎中国民族产业崛起、领导中国家电品牌的先锋!这件事也引发了国内同行和媒体的高度关注和广泛好评,甚至有人称之为"长虹现象"。许多经济学家认为"长虹现象"的实质是真正的企业家掌握了企业的命运!

即使多年之后，倪润峰这份"以产业报国、民族昌盛为己任"的情怀和责任，依然让已是著名企业家的刘体斌肃然起敬。

"创新创造是企业家精神的核心。管理的本质是创新。和同时代的许多优秀企业家一样，技术专家背景的倪润峰并没有受过系统的管理理论培训。但倪润峰具有极强的洞察力、领悟力、学习力和领导力。除了中央政策、时事新闻、传统文化，就连热播大剧也经常被他悟出管理之道，捕捉到市场商机。"刘体斌还不无佩服地举例说，第一次海湾战争爆发，听到新闻的倪润峰还在出差的路上，他立即敏锐地觉察到与石油密切相关的工程塑料价格会受影响，立即指示采购部门紧急采购。其后不久，工程塑料价格果然大涨，这一决策为企业节约支出两千多万元。

"欧美日的政治形势变化，中国各地秋季的玉米收成，各个年份新婚男女的数量，最近上星的电视台频道数量，国家打击走私的力度，这些都是倪润峰做出经营决策的参考。倪润峰是那种颇有战略直觉天赋的企业家，对市场的直觉以及准确的预见能力，使得他在产业的每一个转型点都能很早地意识到，并迅速地做出反应，从而从20世纪80年代开始到21世纪初，抓住了中国彩电行业每一次发展机遇。"资深记者、十几年跟踪采访长虹的何玉文如此评价倪润峰。

长虹人，甚至绵阳的领导们对倪润峰的感情是复杂的，由于他在每一个关键时刻所起的关键作用，一方面佩服他的魄力和能力，都认为"长虹没有倪润峰不行"，另一方面对他的日常只讲工作不讲情面不讲"官场规则"，"事无巨细必亲躬"普遍难理解接受，认为"倪润峰让人受不了"。是的，在他的眼里只有事业没有仕途，他敢和话不投机而官职不小的官员辩论、顶撞、拍桌子，所以许多地方官员"懒得理他"，但又都知道他是为了长虹为了事业，不敢"不理他"。而对于下属，工作稍有闪失，不是挨批就是撤职换岗。他总是闲不住，即使在腰椎间盘突出、股骨头坏死行动艰难时，依然瘸着病腿奔波在市场一线，巡视在生产车间，让广大员工既不安又感动。

在我和他谈到员工们对他的这两种感情时，倪润峰说："一个朋友曾跟我说，老倪你应做超脱的厂长，到国外去看，人家的老板都非常超脱，只管大事不管小事，经常出入高尔夫球场。那时我还没出过国，我也不了解国外，但我说，你看到的是人家的现在吧？你要看人家的过程。我想象他的过程，比我现在还当孙子、还事无巨细。或者说他的企业基础已经打好，下面已有一帮独当一面的人才，在这个基础上，他集中精力管大事、决策，他是由小老板中老板熬到大老板的吧。你没看到他当小老板中老板的过程吧。你今天必须这么做，等到你的管理到位了，你的人才集聚了，到时候你也可以做大老板，也可以超脱一下。那时你也必须要超脱，因为那时你要集中精力考虑投资，投资是很难的，你不能陷入小事之中。"

我问刘体斌："您讲了很多倪润峰的事迹，都令人感佩敬服。跳出这些具体的事，您能对倪润峰作一总体评价吗？"

他稍加思考说："一个时代有一个时代的使命，一个时代有一个时代的责任。倪润峰担当了一个时代压在肩上的责任，也完成了那个时代赋予的使命。他带领下的长虹作为身处充分竞争行业的一家国有龙头企业,以其强大的竞争力、凝聚力、影响力,引领了中国家电行业一个时代,受到了国内外企业同行、社会各界广泛的赞誉和尊重,注定会在中国国有企业改革、发展、创新、开放的历史上留下浓墨重彩的一笔。"

是的,浮舟沧海潮头立,须思想解放、视野开阔,须技艺精湛、拨云见日,须居安思危、未雨绸缪,却不能高高在上,脱离实际,以其昏昏使人昭昭,也不能居功自傲,不思进取、坐吃山空,更不能利用公器、利用公权谋取私利。

古往今来的史实无数次告诉我们,有了一点点成绩就居功自傲,昏了头脑,不但是兵家大忌,也是商家大忌。有多少企业家其兴也勃焉其亡也忽焉,其中就有这个原因:做出点成绩就不知道自己姓甚名谁、几斤几两,甚至忘记了是谁给了自己这个平台。对此,倪润峰是清醒的。就在长虹家喻户晓、倪润峰如日中天时,他却冷静得出奇。

他说:"千古名训不可忘,打败自己的往往不是敌手,而是自己。"于是他向自己宣战了,长虹向自己宣战了:

一战自大自满。倪润峰说:自豪自信与自满自大仅一步之差,长虹是军转民典范、是技术改造的典范、是国企走向市场的典范,这些固然值得自豪自信,但如果我们忽视对手的战略、看不到对手的长处,我们就是自满自大,自满自大必毁长虹。

二战自由散漫。倪润峰说:自由散漫、缺乏自我约束是国有企业的积年恶习,看起来不是大事,其实它体现的是国有企业的管理水平，甚至竞争实力。加强企业管理是企业的基础，长虹必须向自由散漫宣战。

三战自欺欺人。有的工人问倪润峰，我们是企业主人，为什么你像资本家一样管我们？仆人怎么能开除主人？职工的话很尖锐，倪润峰的话更尖锐：企业的主人首先要维护企业的制度和利益，否则不配做主人，用所谓主人公来为自己没有责任心、工作能力、生存能力辩解是自欺欺人。企业垮了，你还能做主人吗？长虹决不能容忍。

要想无敌于天下，必须要自己战胜自己。

倪润峰是企业家也是哲学家。

是的，历史不会忘却改变中国命运的改革开放，历史终将铭记在改革开放大潮中永立潮头的先锋。

三

"建设制造业强国，是总结改革开放四十年的经验提出的更伟大的战略目标，是符合中国实际的。改革开放四十年最成功的经验是摸着石头过河，建设制造业强国是在这个经验基础上加强顶层设计的结果，也是被对手逼出来的。国有企业迎来了大好的发展机遇：一方面有国家的政策支持，另一方面我们的制造业体系基本形成。可能有人会夸大贸易战、各种摩擦的影响，其实中国大国的力量最不可低估。国有企业更要主动作为主动担当。"对当下国家提出的打造制造业强国，倪润峰表现得异常兴奋。

亲也国企，爱也国企，累也国企，痛也国企。倪润峰对国有企业的认识和判断是那样的振聋发聩、直击要害、深入人心，给中国的国有企业留下深度思想印记，给待解的人们以深刻思想启迪。

（以下是倪润峰的谈话录音整理）

这些年，我们的企业学了不少国外的东西，但是不是真正地把它领会了？作为中国的国有企业，该怎么定位？怎么实施？我一直在思考这些问题。

有人一说就是体制，体制固然重要，但我认为主要是管理问题、国企管理人的管理能力问题。能力差距较大，队伍素质跟不上，这是矛盾点。要说，谁都能说个一二三，谈一些现象，但怎么解决就没后话了。国有企业，管理还是粗放的。

什么叫好的班子？什么叫管理者？

一是管理者是管理者思维的管理。你的思维够不够？思维不能超前，信息量不够，就找不出主要问题。想超前范围就有限了。二是思想境界，是大公无私还是当好人？国有企业的负责人容易当好人，因为评价干部的方法促使人当好人。想让所有下级、老干部满意、拥护。老干部的思维是什么？部下的思维是什么？同行的思维是什么？不能够脱离现在的初级阶段。他们如果都满意，有些事情可以不干。这就是思想境界的问题。三是不断树立新的更高目标的管理。

如果这么来做，那这个方阵也就形成了。但是很难。我过去一直认为，像长虹一样的制造业企业，最大的问题是两头：一是做工，二是市场。

先说做工，从工厂出来的产品就应是精品，消费者无可挑剔，这不在于它的技术含量。比如说这个杯子（他指了指面前的一只精致的茶杯），有什么技术含量？但有的杯子就是精细，包装也是精细的。摆在柜台上，同样是喝水的杯子，但它就好卖。摆在桌子上它也是个工艺品。它不见得技术含量高，但怎么做？这个工作谁来做？值得思考。

我认为应该是公司各个方面的工艺员。质量是制造出来的、设计出来的。而我们过去形成的是知识分子政策，干部政策。所以工艺人员就是知识分子，是干部，所以就有衙门，就有办公室，工作就是编个工艺卡片，而工艺卡片是任何一个新的产品都照老的产品抄来抄去，创新不够。另外一个在用工方面，为了降低成本，就必须用简单的劳动力，这样一来你的工资下去了，但你的工艺员如果不能当技师，不能当鲁班，不能指导你的工人去干活，你自己的手艺在下降，在你手下也不可能出精品。怎么办？有办法！

如果想达到目的，首先要破除干部政策、知识分子政策。那就是说工艺员必须是个技师，而这个技师又和以前评定职称既有相同的又有不同的地方。以前的技师只是动手，能解决在制造过程中的一些难点问题，而这个技师要有理论，第一能消化，第二能提出意见，而更主要的是他要消化设计意图,然后变成匠人的思维,组织指导自己的工人在创新的基础上生产出自己满意的东西。而满意的标准是拿到市场上消费者无可挑剔,随便你怎么评价它都是好的。如果做到这一条,这个问题就解决了。

为什么中国货赶不上洋货?我看不光是家用电器,汽车、机床都不行。洋货在制造当中谁是骨干?谁是中流砥柱?无疑是它的技师。而我们的缺点就在这里。这是第一步要解决的。

再说市场。这也是国有企业的通病,不重视市场建设。如何造就一批营销队伍,特别是一批经理队伍?这个经理队伍的素质该是什么样的?我认为:一、必须忠诚;二、有组织管理能力,包括市场的组织管理、队伍的组织;三、熟悉市场,熟悉产品,不但熟悉自己的还要熟悉对手的产品,才能包装、策划好产品,才能向消费者介绍好产品。但是我们怎么达到这个目标?这两年过分地宣传企业的高新技术,有一些企业没有正视自己的能力,我认为中国多数企业应该定位在应用技术上,在应用技术上的创新问题。如果定位是领导全球潮流的,那定位就太高了。但是熟读《唐诗三百首》,最终要达到领导潮流。

中国的国有企业在这方面往往是糊弄洋鬼子。中华人民共和国成立前你能糊弄洋鬼子,现在你就不能糊弄了。这里就有一个观念要改变,但光观念改,怎么实施,要找一条路,也就要重视我们的工艺员也就是匠人。如果这些匠人和鲁班一样，在这些匠人的带领下，作用自然而然就上去了。因此必须强化培训，在转变观念的基础上强化培训。这种培训包括做工、设计、包装、产品知识的培训，从事这种专业的知识再培训。还有一个体力的培训、耐力的培训、思想境界的培训、好胜心的培训。白领这一层是非常关键的。据我看，我们与日本的企业比，差的关键就在这里。

国企，厂长在组织生产，计划员在组织调度，工艺员在编工艺卡片，质管员在管质量，整个的计划调度是一回事，但是对制造来说应该都是工艺员的事。据报纸报道，天安门城楼，没有一根铁钉子。当时有什么工艺员？就是匠人。我们国企的工艺员匠人能很好地胜任吗？

所以国有企业要靠两者。一是管理者要到位。不能光嘴巴到位。二是设计人员和工艺人员要到位。中国的企业在职工的培训上和日本、韩国比做得不够。培训要有教材、有宗旨，教材应该是来自工厂。学校要按市场需要来培养学生，要给学生一种不培训就要落伍的感觉。中国有句话叫"将熊熊一窝"，另外还有句话叫"名师出高徒"。名师就是这批匠人。它才能出精品，出高质量。如果中国这一步能达到，你就是高技术的东西少一点，也可以在全球市场找到你的位置，在全球市场上找到自己的出路。

没有甘当孙子的精神不行，没有这种精神感动不了上帝。我们现在是看人家表面的多，看人家内在的少。手艺来源于训练。我们的教育、训练应该是强制性的。制造业也是如此,手艺是生存的根本。我们的职业学校、技校仍然在课堂,不注重学生的思维。企业也是教育的延伸,否则产品永远上不了大雅之堂。培训工人就要用体育训练的方法。我们知道卖油翁的故事,要做到这么精才行。要在作业中学,在做工中学。

国有企业规章制度尽管很多,但是你仔细一排,就发现互相矛盾,放在哪个企业都差不多。没总体设想、目标设计。我们的国有企业,普遍先从零件开始,干总体设计的就是这个系统的头、领袖。他就必须创新,创新的出发点来自竞争对手。管理要由厚到薄,再由薄到厚。

真正的企业家,他的空间概念、立体概念要强,才会有思维。

十五年长虹的体会,大多与其他企业差不多,关键是抓住了市场,前十五年能干的人多,后十五年能干的人就越来越少了,这就是富不过三代。

有的人开始摆个烟摊,精打细算,可以做得很好。等到一定程度,一两个人是不行的。就有管理思维的问题。处理不好,不多久就是穷光蛋。国外也是。现在日本的企业开始涌向硅谷去学习,而80年代是美国企业跑到日本去学。日本的终身雇佣、工资、工会是三大法宝。这在当时凝聚力很强。而现在到了数字技术的时代,数字是远见的表现,是精华人员做的事,集体就不行了。外国企业、民营企业,老板给股份、工资、分红。职员玩命干,行李都放在实验室,甚至三四个月不回家。事业心、高报酬、一身荣辱与企业连在一起。现在我们国有企业的员工都把自己定位为打工的，这不能怪员工，他们退休了到社会上领养老金而不是企业，有病了到社会的医院去看也不是企业医院，事实上确实和企业没有多少关系了，他为什么要爱你这个企业呢？这也是现状。日本的终身雇佣，我们企业要研究。

我们现在定在哪个阶段？管理模式又是什么？我看还是胡萝卜加大棒！

国有企业必须要建立一套机制和手段，否则不行。观念，在开会时、做报告时，好像都转了，但一落到实处，都没转。

与国外企业的差距还非常大。要在管理的内涵上做文章。

软件上的问题，核心又是人的问题。首先管理者要经过训练。对被管理者，要有相应的管理办法。管理者的压力来自市场和事业心，来自不服输。管上去要有相应的报酬。被管理者，首先要确定自己的饭碗在哪里，平台在哪里。做好了要有报酬，有创新要晋升。不好好干可能就被辞退。管理者也可能被炒。

不管是管理者还是被管理者，有一个好的平台很重要。个体户，他有家产，这是他的平台，他可以去表演。你参加工作了，你就有了一个平台，你就可以有浅有深地去发展。如果没有，不管你是博士、博士后，有啥用呢？平台就是机会。我个人认为,决策是少数人的。如果是多数人的,那不叫决策。但是正确的决策也要听许多人的意见,但绝不是在会上。职工大会听谁的?谁敢说真话?还得在小范围聊天时说。唉,咱们吃顿饭喝点酒,这时候说的是真话,你才能捞到真正的东西。而你的想法人家也会给你补充纠正,最终你再把它归纳提炼。另外一个,什么叫独裁,什么叫民主?这两个事不要把它混在一起。管理是残忍的,不是慈善,残忍到什么程度?你要剥夺了人家的工作权利。松下幸之助写过书,很热门,但写出来的东西都上升高度了,原来残忍的一面谁都不会写。谁傻瓜呀,才会写。于是你把那个书拿来,认为这就是管理法宝,你绝对上当。可是我们的国有企业原来就是这样。

所以核心问题就是这个平台。有人能够利用这个平台,有人利用不了。但最可悲的是没有平台。陶明渊就是没平台,诸葛亮就有平台。你说我懂啥?我就是有了一个平台,我能够调动资源,能够召集会了,开会就是我学习的机会。你讲吧,他讲吧,这时候不管谁讲都是我的老师,谁说什么都会激发我,知识面也拓宽了,系统工程就建立起来了。你必须有个包容的态度,能够调动大家的积极性。但是你没有这个平台不行,你不给人家一个平台也不行,给了人家这个平台,你不给人家放权也不行。

作为出资方,你考核的应该是管理者。而现有的运行体制,恰恰不是这么回事。出资方管理者、被管理者都管,又都没一个标准，或者有标准，但不是务实的。

把政府官员的标准放到企业家那里去，这个企业家就难办了。政府官员，首先是要搞平衡，平衡关系，中庸之道，有的是时间去做这些事。而对企业来说，时间就是金钱。企业面临的与政府也不同，是每个具体的人和事。国外的国有企业，作为出资方的政府只认一个头儿，赋予他权力，下面就由企业的头儿来招聘，是他的领域了。

政企很难分开。从政府来看，一、对厂长都不放心，削减厂长的权力。但厂长也有相当一部分是胡乱用他的权，但你要解决的是如何不乱用权，而不是不给他这个权。选择厂长时怎么做，对厂长的约束要把握好。他创出了财富，你应肯定他，他就不会被小东西干扰方向。二、你要制定权力运行的机制。光靠厂务公开、职工民主管理、职代会管理等也不行，每干一件事都要报账，商业秘密还能保住吗？

比如说，我是一家韩国的公司，想和你交朋友，我给你的是优惠的价格，但是我希望和你的法人代表谈，我不希望和那么多人谈，那么多人谈肯定保不了密，会把我给你的优惠让所有的客户知道。都来要优惠，我受不了。另外，朋友也交不成。但是如果一对一谈，尽管你拿到的是最优惠的价格，但你的上级部门马上会来找你，以为你得了什么好处。所以使得有人想当岳飞（精忠报国）也不行。

所以我在想，应该找一个什么办法。总经理应该被监督，但问题是怎样被监督。现有的方法合适不合适？能不能起到作用？我看也是国有企业的普遍性问题。

企业家多给职工发工资，甚至拿公款给职工买房子，职工会喊你厂长万岁。但是垮了呢？你又是一个罪人。所以厂长必须掌握分寸。

企业家，如果职业化，他追求他的事业，就好办了。如果老把自己摆在父母官的位置，他就干不好。

我在长虹时，连续五年放暑假后中层以上干部要提前几天上班，讨论做企业家还是父母官。都说是摆脱了父母官，我看还是没完全解决。中国的官本位文化根深蒂固，说早可以追溯到秦朝，隋朝创立科举制度更是对这一文化的强化。从唐朝开始，将科举制的科目分为多种，使科举制度更加完善。宋朝时期，又对科举制进行改革，元代不怎么提倡科举，到了明清时期，科举制再次受到重视再次得到强化，直到1905年才废除。科举史基本贯穿了中国的历史，这样你就可以理解中国人为什么官本位思想那么浓厚了。

所以中国的国有企业家，一上台要做几件好事，下台前做几件好事。这说明他还是把自己放在了父母官的位置，而不是想着把这个企业变成全国全球或者是同行业的老大。很多昙花一现的企业都把职工的工资调得很高，又盖大楼，又干这又干那。

你在这个位置上，哪怕是个中层干部，如果你没有追求，那就是当好人。国外的企业家是把他的企业当作品。当好人就不能把你的作品做好，不能把企业做好。

一个企业如何百年树厂是一件不容易的事。用每一个人，要用他一段，用到一定程度赶紧换；新人上来了，新的思维就产生了，就有了创新。但问题在于新人怎么产生。过去的模式是，到年龄了，在一段时间内是"看守政府"，按组织部的原则再确定一个新的。但在这段时间内，人家已经上来了。比如长虹的崛起，不完全是我们努力的结果，而是我们的老师在退步，因为它的成本高，走慢了就是退步。因此，应该在他还有精力的时候，选择他的接班人。选接班人要看他的文化层次、人格、能力、思维、事业心。这几个条件具备后，加紧磨炼，培养威信。要让他各个部门都走，等他都熟悉了，交接最合适。还有一个条件，就是他的身体状态，如果他的身体不好也不行。别看整天坐办公室只是思考问题，没有体力、精力都不行。他的知识面必须宽，对新的信息要感兴趣。他的大脑应该是一个大量信息的储存器。还要善于分析，还要善于和不管是什么人打交道。他的决策也不能停留在一种形式上。决策定了，措施和方法必须配套。光有前面的没有配套也不行。还有一个就是不断总结，而这个总结不一定是把大家召集起来一起总结，主要是自己的总结。他还要公平、公正、公开，对谁都是一视同仁，不看面子。但该照顾的还要照顾，该解释的还要解释清楚。如果他做到了这些，他也是一个最幸福的人。但这样，模范丈夫、模范父亲，就绝对跟他无缘了，这就需要一个贤内助来帮他。

我问国外一个企业的班长放假后干什么。他说比上班还忙，如果放一个星期的假，他至少要拿出四天的时间到他的班员家看一看。是一个感情的投资，争取员工妻子的支持。50年代，我们国家的那些风气也是很好的，师徒关系很好。这也是一种企业文化。在松下常能看到这样的牌子，"今天某某不舒服请大家关照"，就要给他轻一点的活儿。这样不会出质量和安全事故。这也透出一种文化和管理的思维。通过对员工的照顾也保证了质量和安全。

我们现在一张嘴就缺钱，其实，现在国家对国有企业够支持了，发行股票，十几天十几个亿就来了。关键问题是要有一批企业家来担这个重任。如果不能担当，这些钱一给他，就变成了工资和福利了，就完蛋了。

一个企业家没好的记忆不行，看文件，第一遍基本精神要记住，第二遍能背下来。要反复记忆，动脑筋。不愿意动脑筋看完了不思考那你的脑袋还是空的。这个过程，企业家必须要训练。

看书，琢磨，加深印象。一个人知识不扎实，讲话就不敢单刀直入，一针见血，好像是很斯文，讲了半天是绕着圈子，生怕人家抓住。说话一针见血必须胸有成竹。

我们的企业家不学人家的过程，只学人家的现在，陶醉在自己的优势里。这也不行。

赚钱容易，投资难。赚钱相当于踢足球，目标是进球，谁把球踢进就会得到掌声。投资如罚点球，看起来容易，其实不容易。没射进去，下面要喝倒彩。但是如果没有赚钱的经验，在投资上也绝对会考虑不周。

有的国有企业，两年换几个厂长。上任还没熟悉环境又被换了。

概括起来看，国有企业也不是不能搞好，国外也有国有企业，如法国的汤姆逊公司，法国政府的投资大约占40%，它也算是国有企业。另外像松下、东芝这样的企业，你说真正的它是哪个大老板的？股民太分散了，你说它是国有还是民营？他们就是一种职业，把企业搞好、把蛋糕做大。我们就缺这个。我们就要摆脱这些问题。你说一个企业还有什么县团级、地师级，有时硬把你往这上面套。企业想解脱这个也难。

但是认真学习习近平总书记的经济思想，这些问题其实会得到逐步解决。尤其是习总书记提出的建设制造业强国，这一宏伟战略是伟大的，是总结改革开放四十年提出的更高更伟大的目标，是符合中国实际的，也是被逼出来的。我前面说了，目标都是来自竞争对手。

四

在采访、写作、探究倪润峰的过程中，我深深体会并感悟到，一个没有英雄的民族，是一个可怜的民族；一个不懂得尊重、珍惜、感恩、善待英雄的民族，是一个可悲的民族。纪念改革开放四十年，表彰如倪润峰一样的改革先锋、改革英雄，恰恰展示的是伟大的中国共产党、伟大的中华民族对挺起民族脊梁的英雄的尊重、感恩，对英雄精神的弘扬、传递。

这是令人感动的。

感动之余，我也在想，表彰英雄固然是重要的必要的，但是先锋和英雄的生长是需要土壤的。所谓的时势造英雄也就是这个意思。那么，我们就不能忘记那些营造时势的人们，他们和先锋、英雄是一样的极少数者。他们洞悉历史，知道改革者必然是勇立潮头者，也是风险最大者，突破常规者，改革是不能用常规来打量的。他们胸怀未来，不畏浮云遮望眼，默默而坚定地做改革的支持者、关注者、错误容忍者。他们甚至比先锋和英雄还要伟大。

他们营造了时势，时势就为他们营造了一批又一批英雄，这一批又一批的先锋和英雄推动了改革，推动了发展，使中国一步步富裕起来、强大起来。

浮舟沧海立潮头的是英雄！

为英雄营造时势的同样是英雄！

这或许正是改革开放四十年来最值得纪念的东西。换句话说，也是纪念改革开放四十年的真正意义和价值所在。

在共筑中华民族伟大复兴中国梦的伟大征程中，注定不是每个人都能成为英雄，但我们每个人必须对英雄感恩，为英雄喝彩，向英雄致敬！

棋　后

忽然看到网上关于诸宸近况的报道，便想起十七年前采访她的情形。那年诸宸二十六岁。

诸宸属龙，和我一个属相，比我要小一轮，那时已是新科国际象棋女子世界冠军。是名人，在体育界也是美人。而我是新华社的一名记者。

第二届全国体育大会在绵阳举行，国际象棋界名人云集。诸宸也来了，而且是携夫一起来的，她的夫君是当时阿拉伯国家唯一的国际特级大师。

按说，叫诸宸"美人冠军"也可以了。但爱她的人太多，总觉得不解渴，因此，给她取了个更过瘾的名，叫"美女棋后"。

黑色的T恤衫、蓝色的牛仔裤、白色的旅游鞋，诸宸给人的第一印象是精干朴素，与我们印象中美女的装束相去甚远。

话未出口，笑意先露，诸宸给人的印象是热情和甜美的。

寒暄落座后，我们便从她的名字谈起。

"问我的名字,还真有一段趣事。"她说,"据说,父亲给我起名'宸',是希望我成为一个气度雍容的人。让我学棋可能也是出于这方面的考虑。可是学了很长一段时间的棋,却没有拿到一项冠军。所以当时有一位老者说,是因为'时辰'被压住了,应该把宝盖头去掉,叫'诸辰'。可是我父母坚持说,宝盖就是一顶帽子,帽子就是皇冠,皇冠怎么可以随便拿掉?就这样,我还一直是用'宸'这个字。看来父母说的是对的。"说话时她喜笑颜开。

接下来,我们谈到了她的成长历程和婚姻。

"和许多儿童一样,我从小就认为自己会成为一个伟大的人,也许是女总统,也许是著名演员。机缘巧合,当了棋手,就梦想成为世界冠军。这个梦很长,一直做了十多年。这个梦又很短,一切仿佛都在昨天。1988年,我去罗马尼亚参加世界少年赛,十二岁的我夸下海口,决心要拿冠军,可是几乎所有的人都认为不可能。所以,后来当我真的得到第一名时,心里特别得意。"说到得意,她真的露出了天真的得意。

"1994年,我到马来西亚参加亚洲女子青年赛,这次对我来说收获最大。我除了夺得亚洲女子青年赛冠军,还认识了来自卡塔尔的象棋大师穆罕默德·阿尔·墨迪亚奇。从此我的人生不知不觉中发生了改变。"

"怎么认识的?"我问。

"初次见面是在棋盘前,十八岁的我刚刚在快棋赛上连胜了几名男子国际大师,别人已对我刮目相看。第四轮我遇到了穆罕默德,眼前的年轻人来自沙漠国家卡塔尔,难免让我存了三分轻敌之意,结果是我输了。当时我非常生气,责怪自己怎么会输给一个'不会下象棋的人'。当时尽管他外表斯文,但给我的第一印象却非常糟糕。除了那个古灵精怪的小爱神丘比特,没有谁会料到今天他会成为我的丈夫。"她仰着头望向天花板,仿佛在回忆,又分明沉浸在幸福中。

"后来,我很快就进了国家队。2001年,我参加了第二届新赛制的世界锦标赛,获得冠军,成为棋史上第九位女子世界冠军。"

话题自然转到了国际象棋。诸宸说:"现在不少幼儿园、小学,甚至中学都很重视国际象棋。这对国际象棋的普及很有好处。有人认为学校开设棋课会影响学习,实际上,许多数据表明,下国际象棋对成长的孩子来说好处很多,可以开发他们的智力,培养他们的意志,各方面的素质都能得到锻炼。就拿我自己来说,通过下棋,我觉得对任何一件事都可以悟出一些规律来。对待很多事情也变得理性了。国际象棋是理性的,但又有竞技性、科学性和艺术性。光有理性也不行,有时候有了灵感,才能下出很漂亮的棋。"

"除了下棋,你还做些什么事?"

"我也经常到一些学校去讲棋,做一点普及的工作。就目前的情况来说,我感到喜欢的人很多,但缺少普通爱好者和专业棋手交流的条件、环境。现在我还在清华大学读书,开始读的是中文,现在又转读经济。我觉得,不管是中文还是经济,任何一门学问都是有益的。"

"你认为目前国内最优秀的棋手是谁?"

她没有犹豫地回答:"叶江川、徐俊。"

"女的呢?"

"谢军和我。"

直爽的回答。我们相视一笑。

诸宸快言快语。此次见到她,感觉她很轻松。问到她这次参赛的感受,她也的确回答了"轻松"二字。"你放弃了俄罗斯大奖赛来参加全国体育大会,是不是觉得名次无所谓才很轻松?"

"不能这样说。对于任何事,我觉得努力了就行了,包括国际、国内的比赛,我都是这个态度。其实,有些事不见得你刻意追求结果就好。尽力了就行了。许多冠军都有运气在里边,没有一个冠军是没有一点运气就能拿到的。"

不知不觉,我们已经谈了一个多小时。下午还有比赛,我们跟她合了几张影,起身告辞。临走时,诸宸告诉我们,体育大会之后,她将和丈夫一起前往韩国观看世界杯。"我们结婚以后还没有度过蜜月,这次去韩国也是度蜜月。"诸宸笑着说。

山清水秀的温州赋予了诸宸一种灵性。经济发达的家乡,在她需要走出去的时候给了她支持。当她成为中国乃至世界名人的时候,她却说,她忘不了她的启蒙教练,忘不了给予她积极支持的温州人民,更忘不了父母的一片苦心。

在采访诸宸的文章中,我曾情不自禁地写了一句话:世界上的美女很多,但都不是棋后;世界上的棋后很多,但都不是美女。棋后和美女皆而有之者，唯诸宸也。

没有想到这篇稿子发表以后，我再去采访谢军时，吃了闭门羹。原因是可想而知的。情急之下，我跟谢军说，我还有一句更漂亮的话没有舍得用，准备留给你：世界上的棋后很多，但都不是博士；世界上的博士很多，但都不是棋后。博士与棋后皆而有之者，唯谢军也。

当时的谢军已身怀六甲，也许是听我调侃有理，便转阴为晴，而且对我提了个"将功补过"的要求：带她和叶江川游富乐山。

这是和诸宸、谢军的一次邂逅，至今记得。

我和流沙河的两面之交

流沙河,大名久闻。大概是在 20 世纪 80 年代初吧,正是年轻人尤其是大学生们对诗歌狂热的年代。我那时不到二十岁。

但今天的我很纳闷,那时,我也知道很多诗人,都是先读诗后知人,比如郭小川、艾青、叶文福、北岛、舒婷等,但知道流沙河,我却不记得他的一句诗。真是一个例外。也许因为我不是一个诗人,更因为我的浅薄。

走近沙河老是近二十来年的事,其实也未必是走近,只是物理上的概念,因为 1999 年底我从沈阳调到了成都。那会儿,会偶尔听朋友们说起他,但从没有在意,也没有产生过进一步了解的愿望。只是有时在大街上散步时,看到他的题字,便会驻足。他的字瘦硬,峭拔刚健,功力深厚,自成一体,过目,便会留下很深的印象。

2016 年底,我奉调四川作协工作。也是工作原因,对沙河老有了进一步的了解,知道他曾在我们今天仍在办公的、知名度很高的红星路二段85号工作过,在作家们笔下无数次出现过的87号院居住过,在影响了中国几代人的《星星》当过编辑……而且更多是对他的近况——身体状况、创作状况、活动状况等知道了一些。

但我们第一次见面是在2019年的9月18日,地点是他的家。

那是一个阳光明媚的下午,我们从单位前去,和我同去的是我们作协的二级巡视员罗勇和创联部主任鲁娟。我们前去的使命是给老先生送上中国作协给他颁发的"从事文学创作70年荣誉证书"。

他住在长寿路的名仕苑小区。作协的同志们对联系沙河老都有点打怵,据说他的现任妻子不好答对,尤其反对他和作协来往(其实我们后来交往发现并非如此)。我在去前,曾向作协的一些老同志了解过沙河老的情况,很多人和我说,沙河老曾放言不和作协往来(他们也承认是听说,没亲见,我只能存疑)。那意思是提醒我,流沙河是名人,小心吃了闭门羹。

我们下午3点如约而至,开门的是他的妻子。

进门是客厅,客厅连着阳台,沙河老正在阳台上和一位男子交谈。我们来,他便走出来。老实说,我第一眼看到沙河老,多多少少还是吃了一惊,因为他和我想象中的形象实在是差距太大了。在我的想象和印象中,名人都应是魁梧高大、风流挺拔、浓眉大眼、气势不凡的。而出现在我面前的沙河老却正好相反:瘦弱矮小、文静儒雅、步履端庄、慈祥温柔。因为声带出了问题,他说话声音很低很吃力,须贴得很近才能听清,于是更觉随和。

我们寒暄落座后，送上了证书，他显然很高兴，主动提出合影留念。然后我们拿出带来的书请他签名，签完名，他又拿了几本新出的书送我们。我感觉老人完全不像人们说的那样孤傲清高、不和"凡人"往来。这是我们第一次见面，这次大约叙谈了半小时。在我们说话的过程中，他的妻子始终站立在旁边，把我们交谈中听不懂的听不清的话及时"翻译"出来补充完整。

从沙河老家里出来，我把签名的书特意放进车里，利用上下班的时间，做了概览。有人说，对于名家，读其书就够了，何必见人，而我觉得见人读书和读书不见人还是不一样。

第二次见面是他住院后。11月3日，作家蒋蓝打电话给我，说沙河老住院了，问我知道不。我说不知道，并问他哪来的消息。他说是沙河老的前妻何洁老师说的。我一直没见过何洁老师，但早闻其名。我曾和蒋蓝约好去她的清风书院搞活动，但因事没成行，没见面，只是通过几次电话。这期间她送给我一些她的作品，但仍没有见面。文人相信缘分，我到了作协似乎也被感染，觉得许多事确实是缘分，见与不见，好与不好，等等。我就给何洁去了电话，问了情况，她似乎说沙河老处境不怎么好，转院有困难。于是我及时和沙河老的女儿余蝉取得联系，询问了病情和治疗情况，询问了有什么困难，并且商议了去看沙河老的时间。得到的消息是医院很重视，并得悉沙河老马上要转院，希望我们暂时不要过去，转院后再去。于是在他转院后第三天我们相互商定了前去看望的时间——5日下午3点。

11月5日下午，我和副书记张颖、副主席龚学敏，去到了华西第三住院大楼,他住14楼45床。去时,他们提议带个摄像记者,留点资料,我说沙河老是名人,在没和他沟通前,我们绝不做一点他不高兴的事。于是我们三人就去了,带了慰问金。我们见到他,精神还很好,只是说话很困难很低沉。陪护他的是他的弟弟。我们在小声交谈过程中,他的弟弟提出给我们拍照,于是也留下了和他的最后的合影。

11月23日星期六,早晨我刚起床,再次接到蒋蓝电话,告知我流沙河去世了。

此事甚大,我不能贸然发布。于是我又打通余蝉的电话进行核实,因为我们有约定,沙河老有任何情况必须第一时间告知我。结果回答是:在抢救。我松了一口气。又马上告知蒋蓝。这时,网上已经出现了沙河老去世的消息。

就在这时,《四川日报》的记者肖姗姗打来了电话,她和我们是老朋友,问我沙河老的情况,我把我知道的情况告诉了她。她希望沙河老有任何情况能第一时间告诉她,我答应了。随后是各路媒体朋友们的电话。一上午时间把我两部手机的电量打完,害得我参加一个朋友的聚会却没了电池找不到地方,告吹。下午快到4点钟,我接到余蝉电话,告诉了我沙河老去世的消息,我立即向肖姗姗做了通报。于是沙河老去世的消息第一个通过我们的党报记者发了出来。为了省却我啰唆的介绍,我把姗姗所发的消息全文搬来,以便读者对沙河老有一个全面了解。消息是这样写的:

2019年11月23日，著名诗人、作家、学者流沙河在成都因病去世，享年88岁。流沙河女儿给四川省作协党组书记侯志明发来短信，确认（应该用"告知"——作者注）流沙河于今天下午3时45分去世，走得很平静。

流沙河，中国现代诗人、作家、学者、书法家。1931年出生于四川金堂，本名余勋坦。主要作品有《流沙河诗集》《故园别》《游踪》《台湾诗人十二家》《隔海谈诗》《台湾中年诗人十二家》《流沙河诗话》《锯齿啮痕录》《庄子现代版》《流沙河随笔》《Y先生语录》《流沙河短文》《流沙河近作》等。诗作《就是那一只蟋蟀》《理想》被中学语文课本收录。迄今为止，已出版小说、诗歌、诗论、散文、翻译小说、研究专著等著作22种。

1931年11月11日，流沙河生在成都，1935年迁回城厢镇槐树街老家。4岁开始研习古文，作文言文。1947年春，他考入省立成都中学高中部。和当时大多数热爱文艺的青年一样，他的兴趣迅速转向了新文学。巴金的小说、鲁迅的杂文、曹禺的戏剧，还有艾青、田间、绿原的诗歌都让他沉迷。他开始向报纸投稿，陆陆续续发表了十来篇短篇小说、诗、译诗、杂文。1949年10月1日，中华人民共和国成立。此时的他年仅十八，风华正茂。在那个人人积极投身于"创造历史的洪流"的时代，以最高分考入四川大学农化系，才刚刚入学半年的他也再按捺不住自己的热情，转而弃学以追逐自己的作家梦。

1950年，他出任《川西农民报》副刊编辑。此后又调入四川省文联，任创作员、《四川群众》编辑。1957年1月1日，他提议并参与创办的《星星》诗刊正式建立，这是新中国第一个官办诗刊。《星星》面市，一度好评如潮。值得一提的是，流沙河的好友、最为读者熟知的另一位诗人余光中，就是在《星星》上正式与读者见面的，流沙河是第一个把他的诗作介绍到大陆来的人。

1981年初秋，流沙河在列车上读完台湾《当代十大诗人选集》，满心喜悦，其中最使他震动的就是余光中。于是1982年3月的《星星》上，流沙河介绍了余诗，并选刊诗作20首。随后流沙河连续出版了两本专著《台湾诗人十二家》《隔海说诗》，都重点讲到余光中的诗，后来更出版《余光中诗一百首》，专论余诗了。今日余诗红遍大江南北，一人诵千人和，原本最早是从蜀地"传"出的。

1996年，从四川省作协退休后，流沙河过着深居简出的生活，每日读书、写字。2009年开始，流沙河在成都市图书馆固定举办讲座，讲宋词、论诗经、说文解字。

2019年9月20日，由四川省作家协会主办的"庆祝新中国成立70周年·'从事文学创作70年荣誉证书'颁发仪式暨四川文学创作学术研讨会"在成都举行，流沙河与马识途、王火、王尔碑、木斧、方赫、白航、刘令蒙（杜谷）、李致等9名从事文学创作70年的四川作家，荣获了中国作协颁发的"从事文学创作70年荣誉证书"。

除了获得这一荣誉，2019年也是流沙河停止写诗后的第30年，四川人民出版社出版了他的《流沙河诗存》，诗人流沙河再度归来。

据了解，这本"诗存"选自他曾经出版的6本诗集，它们是1956年7月重庆人民出版社出版的《农村夜曲》，1957年5月作家出版社出版的《告别火星》，1982年12月上海文艺出版社出版的《流沙河诗集》，1983年9月黑龙江人民出版社出版的《游踪》和1983年11月四川人民出版社出版的《故园别》，以及1989年12月花城出版社出版的《独唱》。这些诗集成了《流沙河诗存》的择优本，其所汇篇目均由流沙河胞弟亲自选录。

川人社编辑感叹："诗存里并无新诗，这大抵意味着这本《诗存》是我们最后一次见到他与诗站在一起吧。"

流沙河专门为《流沙河诗存》设计了书签，他要求了书签的大小，上面写的是他最喜欢的戴望舒的诗句。

流沙河曾说："我不相信生活中到处都有诗，只等你去俯拾。我只相信感自外来，诗自内出。"坚信这一点的他，写出的诗歌又怎么会是"只有骨头，没有肉的"呢？或许他并非完美，但在万千读者心中的他绝不是一个"失败的诗人"。

他是读者心中永远的诗人流沙河。

在给川报记者肖姗姗打完电话，我又电话报告了主管部门。得到的指示是，让我前去慰问并送一个花圈。我再次联系了他的夫人和女儿,他们告诉我,目前不便,等明天搭好灵堂再来。第二天一早,我和我的同事带着主管部门的委托并代表作协前去吊唁并送了花圈(也代文联送了花圈),并和他的夫人作了不短的交流。她自始至终表达的是对作协、医院、医生、各界朋友的感谢,再一次使我对她有了一个不同于传言的认识。

然后我乘中午的航班去北京开会。25日从北京返回。

26日我正在参加省人大常委会,中午吃饭时,接到一位部门领导的电话,让我过去汇报沙河老去世后的有关情况并对我作了进一步的交代。从那里我得悉了很多原来不知道的情况,包括他去世后从上到下、从外到内的一些反响。

27日上午,是告别仪式。我请了假,继续忙碌沙河老的送别事宜直至中午。

想到三个月前刚认识时还健硕的一位老人,说走就走了,虽然相识不久,也无交情,但还是心情悲痛,无法做事,于是索性找了沙河老的早期诗歌拜读。其中他的《故园九吟》给我留下了深刻印象,这里摘录其中两首以致纪念:

我家

荒园有谁来!

点点斑斑,小路起青苔。

金风派遣落叶,

飘到窗前,纷纷如催债。

失学的娇女牧鹅归,

苦命的乖儿摘野菜。
檐下坐贤妻,
一针针为我补破鞋。
秋花红艳无心赏,
贫贱夫妻百事哀。

芳邻

邻居脸上多春色,
夜夜邀我做客。
一肚皮的牢骚,
满嘴巴的酒气,
待我极亲热。

最近造反当了官,
脸上忽来秋色。
猛揭我的"放毒",
狠批我的"复辟",
交情竟断绝。

他家小狗太糊涂,
依旧对我摇尾又舔舌。
我说不要这样做了,
它却听不懂,

语言有隔阂。

我想，假如让十个人写流沙河，一定能写出十个不一样的流沙河。就像十个画家画一个鸡蛋都会是十种形态。何况鸡蛋是没有思想感情行为的。

我写的流沙河只是我肤浅了解的，而且是在他88岁去世前的最后三个月。我能写的只是这三个月来的两次交往，更多的也是过程和感受。

29日上午，我正在办公室上班，沙河老的夫人出现在我的面前，她很憔悴，她说她来只是向我向作协表达谢意。我们站着交谈了五六分钟，她便告辞而去。

如今，斯人已去，祝他安息！

观景
Guan Jing

四子王，一朵红格艳艳的花

在内蒙古的中部横亘着一座东西向的山脉，蒙古语称作"达兰喀喇"。汉语意思就是"70个黑山头的阴山"。它的平均海拔在1500米至2300米之间，仿佛一座天然屏障，在阻挡了南下寒流的同时，也阻挡了北上的湿气。因此，它也是草原与荒漠草原的分界线。

阴山西起狼山、乌拉山，中为大青山、灰腾梁山，南为凉城山、桦山，东为大马群山，长约1200千米。据史料记载，阴山地区人类活动的历史非常悠久，是内地汉族与北方游牧民族交往的重要场所。我们耳熟能详的民歌"敕勒川，阴山下，天似穹庐，笼盖四野。天苍苍，野茫茫，风吹草低见牛羊"和唐代诗人王昌龄的"但使龙城飞将在，不教胡马度阴山"等，记载的就是阴山的风光和人类的活动。

四子王就在达兰喀喇中部大青山北麓的一片草原上。

说具体点，如果你从呼和浩特出发，向北，翻越大青山继续前行，便会踏入一片美丽的草原。这片草原的名字叫格根塔拉——夏日放牧的营盘。在这片美丽的草原上有个漂亮的小镇，她有一个非常好听的名字——乌兰花。"乌兰"是蒙语"红"的意思，"乌兰花"就是一朵红格艳艳的花。她是四子王旗的首府。我生于斯长于斯。

在我童年的记忆里，这是片荒漠的草原，绵延起伏、一望无际，但四季分明。半个世纪以来，随着国家"三北防护林"工程、"退耕还林"和"退牧还草"工程、生态文明建设工程和精准扶贫工程的实施，面貌发生了翻天覆地的变化。如今的四子王，夏天只要有一点雨水，便草木茂盛、百花斗艳、生机盎然，像一位丰满漂亮高大的蒙古族姑娘，走出毡房、面带微笑。把美酒和哈达捧给远方的客人；秋天，云淡风轻、天高气爽、绿浪起伏，在马头琴的伴奏下，酒喝干再斟满，到处是丰收和庆祝丰收的景象，不管你从哪里来，不管你是为何来，总会被这景色感染，即使多愁善感的诗人也难觅"万里悲秋"的踪影；冬天，它呈现的景象或风和日丽、洁白无垠、苍茫寥廓、如玉生辉，或大雪纷飞、风雪交加、雪窖冰天；春天虽然不和鲜花、绿色同步，但头年留下的植物，枯萎了也绝不倒下，依然要完成阻击风沙哺育生灵的最后使命，使草原的人、畜、自然和谐共生。在这景色分明的四季里，加上成群的牛羊、奔腾的骏马、闲庭信步的驼队、挺立的白杨，可以想见，是多么漂亮的一幅图画！

四子王面积25513平方公里，其中牧区占81%，总人口21万，境内有蒙古、汉、回、满、达斡尔、锡伯、东乡、布依、裕固、土、瑶11个民族，北部与蒙古国接壤。

四子王虽然不大，但很有点历史。据考古资料记载，早在一万多年前的旧石器时代，就有古人类在这块水草丰美的草原上生活。

在这片草原上，至今留存的王爷府、锡拉木伦庙，离我的老家并不远，我有幸都曾去过。这些清代建筑，虽然破败不堪，但依然在风雨飘摇中述说着它的来路，见证着四子王的历史。

1206年，经过多年的征战，一位名为孛儿只斤·铁木真的英雄终于统一了蒙古各部，建立起"也客忙豁勒兀鲁思"（大蒙古国）。在战争频仍的建国过程中，涌现出不少开国功臣，其中一位是他的胞弟哈布图哈撒尔。他的这位长弟，史书上记载足智多谋、力大无穷、弓箭精准。

《蒙古秘史》中写道："其方怒之时也，引弓放其叉披箭，射穿隔山一二十人。其斗敌之时也，引弓放其大披箭，射穿越野横渡人。大引而放其箭，则能射至九百寻；小引而放其箭，则能射至五百寻。生得与众不同人，身躯莽如大魔君。"他追随成吉思汗参加了统一蒙古高原、攻打金帝国和西夏的战争，战功显赫，深受成吉思汗的喜爱、信任、器重。因此，在建国后，成吉思汗将贝加尔湖以东、勒石喀河流域、额尔古纳河左右岸、海拉尔以北的蒙古东部草原赐为哈布图哈撒尔的封国。

老子英雄儿好汉，哈布图哈撒尔不但自己是大英雄，他的后裔也人丁兴旺代代威武。四子部作为哈布图哈撒尔后裔的分支，形成于他的第十六世孙脑音泰时期。脑音泰有四子，分别是长子僧格、次子索诺木、三子鄂木布、四子伊尔扎布。四子都聪明、善良、宽厚、勇敢，兄弟和睦、兄友弟恭，受到部族的尊重和拥戴，被誉为"四驹子"。宝马名驹是蒙古人对所尊敬的人的爱称。四子执政后，各自的领地不断扩大，部众逐渐增多，于是形成四子部落。最早，他们和科尔沁部落、乌拉特部落、茂明安部落活动在大兴安岭以北一带，统称阿鲁蒙古。

清顺治六年，即1649年，清政府颁旨，令四子部、乌拉特部、茂明安部等西迁至阴山北麓，也就是今天的乌兰察布草原。于是在乌兰察布草原形成了六个旗，其中之一就是位于大青山北麓的四子部落旗。同年，四子部落正式置旗，称四子部落郡王旗，迄今已有370多年的历史。

从史书的记载来看，四子王在来到乌兰察布草原和格根塔拉置旗前，就早已存在。也就是说，在370多年前，四子王并不是指今天的所在，它指的是东北大兴安岭以北的一个区域。不但四子王是早已有之后来迁徙而来的，杜尔伯特作为四子王今日的代名词在东北亦早已有之。

哈布图哈撒尔的功劳是可与成吉思汗、忽必烈等相提并论的。直至今日，东至科尔沁，西至阿拉善，一直都祭祀他们共同的祖先哈布图哈撒尔，这就足以证明他的影响和地位。

四子部是蒙古民族中一个历史悠久的部落和重要组成部分，足智多谋、勇敢彪悍，为整个蒙古民族的发展和祖国统一做出过重要贡献。四子部在清初编旗的时候，将兄弟四人的属民皆编为七个苏木，由四子分别统领。到1945年前，四子王共历经十五代王爷。1905年第十三代王爷大兴土木，筑厅建府，修建了既居住又执政的郡王府。它至今保存完好，既可见宗室的气派威严，又可见精巧的工艺装饰。我第一次去是1996年。

王爷府建成后，四子部基本结束了游牧生活。国民政府沿袭清朝和北洋政府旧制，设置专门管理机关蒙藏委员会，并将"四子部落旗"的"部落"二字略去，正式定名为"四子王"，一直沿用至今。

四子王是个外来名，历史很短，370多年。也就是说在1649年前，即四子部迁来前，它肯定不是这个名字。但那时叫什么名字呢？或者说有没有具体的名字？只能留待以后考证解答了。

每年一届的草原那达慕，是四子王最盛大的节日，就在格根塔拉草原举办。活动有祭祀、赛马、摔跤、射箭、叼羊、大型文艺演出、民族风情展示，闻名遐迩，吸引了不少海内外的客人。其中的祭祀活动又最为隆重，主要是祭祀哈布图哈撒尔和他的苏鲁锭。

文旅搭台经济唱戏，四子王的发展在内蒙古的旗县中处于领先地位。近两年，在11个民族的共同努力下，脱贫攻坚亦取得全面胜利。

四子王引人关注并吸引了五湖四海的游人，另一原因是中国"神舟"号飞船的返回舱全部在这里落地。换句话说，四子王是我国迄今为止从宇宙到地球的唯一站点，也是一个吉祥终点。杨利伟、景海鹏等注定是民族英雄，但他们打马归来的地方是四子王，或者说作为英雄，他们上马的地方是四子王。就凭这一点，它注定将在人类历史的发展中不可磨灭、熠熠生辉。乌兰花也因此被誉为"航天城""英雄城"。

如果有人认为四子王只是彪悍的血性的好客的话，我认为并不完全。因为只要你对一批又一批都贵玛式的草原母亲有所了解，你还会感受到一种母性的大爱和温情如蒙古长调一样悠扬的沁人心脾。1961年，在国家最困难的三年期间，19岁的蒙古族少女都贵玛承担起了照顾28名上海孤儿的任务，为此，她终身未孕，把一生中最美好的时光献给了一种崇高的使命。中华人民共和国成国70周年时这位"草原母亲"被授予"人民楷模"国家荣誉称号，以她为原型的电视剧《国家孩子》搬上荧屏后，感动得一代又一代人泪湿衣襟。

夏天到了，红格艳艳的花朵又将开满格根塔拉草原。

穿过九寨的美景

九寨沟的高山杜鹃盛开的时节,我和来自全国各地的十几位作家应邀前往九寨沟采访采风。如果说这次前往意义有所不同,那就是此行是在它遭受2017年"8·8"地震重创之后。

一

6月5日早晨,阳光朗照,风清气爽,我们乘坐大巴从成都开拔了。进都江堰地界,一路陪伴的是浪花飞溅、波光粼粼、滔滔奔涌的岷江。

岷江,在我有限的知识范围,一直认为(也许固执而幼稚)它是中国江河中最善良、温柔、宽厚、智慧,无论物质层面还是精神层面造福人类最多的河流。

岷江是长江上游的重要支流。它有东、西两源:东源出自高程3400多米的弓杠岭;西源出自高程4600多米的朗架岭。两源汇合于虹桥关上游川主寺后，自北向南流经茂县、汶川、都江堰市，穿过成都平原的新津、彭山、眉山，再经青神、乐山、犍为，于宜宾市注入长江，全长1200多千米，天然落差3600多米，流域面积13万平方公里……历史上，曾被认为是长江正源，明代徐霞客通过实地考察确认，金沙江为其正源。

岷江，水能资源富集、自然资源丰富，是蜀文明的发祥地、四川各民族的母亲河。

扬雄在《蜀都赋》中写道："蜀都之地，古曰梁州。禹治其江，浮皋弥望，郁乎青葱，沃野千里。"大禹治水后，把天下分为九州，成都就在梁州的地盘上。这里水网密布，郁郁葱葱，沃野千里。但由"沃野千里"而至"天府之国"，当属李冰父子的功劳。他们在岷江上修的都江堰水利工程，使过去洪水泛滥的成都平原，"旱则引水浸润，雨则杜塞水门，故水旱从人，不知饥馑，则无荒年，天下谓之天府"。历代文人对这一历史杰作多有颂赞，直到今日念念不忘。这里且引清代黄俞诗半首："岷江遥从天际来，神功凿破古离堆。恩波浩渺连三楚，惠泽膏流润九垓……"歌咏的就是岷江。

岷江，和成都平原的形成究竟有什么关系，我不清楚，没看到相关资料。也许，没有岷江，不影响成都平原的形成和存在。但可以肯定地说：没有岷江，就不会有"天府之国"。

钟秀岷江创造天府之国，不是母亲又能是什么？

太阳从右边的车窗射进来，暖暖的。同行的已有人进入梦乡。

开车的师傅不时给我介绍沿途的风光和传说，他说在这条路上每年要跑十多次，已经跑了七八年。

车在江岸上行走，江在车轮下流淌。忽而峡谷幽深、水流湍急、浪花飞溅、声似洪钟；忽而河道开阔、波澜不惊、静若止水、声若幽兰；忽而伴随右边、忽而穿行左侧。看着逶迤蜿蜒、变化万千的岷江，我忽然觉得，如果没有美丽的岷江陪伴，这七八个小时的行程该是多么地单调、寂寞和乏味。

然而，逆流而上，这条漂亮的母亲河，也使我们不时看到累累伤痕：江水断流、河床干涸、乱石嶙峋、水土流失……江无形，水无声。就这一现象，我曾向当地一位水利专家请教，他告诉我，这是由于前些年大量开发引水式电站，把原来丰沛的江水引入一个又一个的人工河道，变成一个接一个的地下"暗流"所致。在人为地改变岷江水运行方式之时，人们对其基本的生态流量并未予以估算、考证，以至于脱水断流形成季节性河段长达80千米。而随着脱水断流，又演变为干裂河谷，由此，对岷江的生态造成严重破坏。

对给予我们如此之多的岷江，人类理当感恩跪饮。而以种种借口为由，贪婪自持，在吃尽其肉时恨不得喝干其血，甚或熬尽其骨髓里的最后一滴油，实在令人哀痛和不解。

岷江，虽然一路随行，但真正接近它，准确地说，和它浑然一体的接触是在弓杠岭。司机告诉我岷江源到了，问我们要不要停车看看，我很肯定地告诉他：要。于是我们下车，向它的源头走去。在松潘县政府2012年所立的"圣江源头"的石碑上，清楚注明此地是"岷江源——海拔3480米"。这里可见一股水流咕噜噜顺山而下，哗啦啦细浪微溅，触手清凉爽肤。这就是岷江源头？细小得让我吃惊，甚至怀疑！

我站立碑前留影，风吹着我的衣裤发出"沙沙"的声响。

也就是在那一刹那，我似乎真正读懂了"江海不拒细流方能成其大"的哲学意义。

岷江是幸运的，当"绿水青山就是金山银山"的理念正在通过顶层设计走向大众自觉的常态时，这条千百年来哺育了一代又一代人的母亲河，一定会一天比一天更加健康、美丽。

行笔至此，也许有人要问：既然是九寨之行，为什么要用如此多的笔墨写岷江呢？是不是跑题了呢？不。如果说，几天前，在我的心里萌生的九寨和岷江是同根同源还是一种浪漫的幻觉的话，8日，当我们再一次顺岷江而下返回成都时，我确信九寨沟和岷江是不可分割的。岷江一以贯穿，看起来并不曾因为九寨沟的大名而骄娇，但九寨沟是无论如何应以和岷江同源而庆幸的。因为，没有谁能像九寨沟这样拥有一位同宗的亲人，天天不辞劳苦地将喜欢自己的人迎来并送往。

二

经过八个多小时的行程，大山里的太阳即将落去，倦飞的鸟儿准备回家时，我们到达了九寨沟县城所在地漳扎镇。迎候我们的是身材魁梧的州委常委、县委书记罗智波，黝黑得有点像藏民的县委宣传部部长刘志鹏（之前，途经茂县，州人大主任、也是著名的作家谷运龙正好在茂县调研，听说来了不少老朋友，还在百忙中抽身和我们共进了午餐）。

一天的长途旅行、地道的绿色饭菜、天然氧吧似的清新空气，加上舒适的九寨庄园，带给我一个深沉无梦的香甜睡眠。

第二天早餐后，我们在罗智波书记的陪同下，参观了九寨沟县非遗展示中心。罗智波介绍说，这个展示中心2017年3月开工，11月竣工，建筑面积1400多平方米，有序厅接待区、县情推送区、民俗文化区、非遗展示区、县史区、互动体验区和规划建设区七个展区。最重要的展区是非遗展示区，设置了四个专区，全面展示九寨沟的㑇舞、南坪曲子、登嘎甘㑇和川西藏族山歌等四项国家级非物质文化遗产。还设置了"非遗工坊"，专门展示南坪土琵琶和㑇舞面具的制作工艺。

虽然我不是第一次来九寨沟，但通过参观，还是对九寨沟有了更为全面的认识和了解。九寨沟县原名南坪县，历史厚重，文脉绵长。多元一体的文化根基，缔结硕果累累的非物质文化遗产。目前，全县共有各级各类非物质文化遗产80项。"正是为了更好地保护、传承和展示这些文化瑰宝，才修建了这个中心。"罗智波告诉我。

参观完非遗中心，我们就地举行了简短的"名家看四川·走进九寨沟"启动仪式，正式拉开了采风的序幕。

地震后的九寨沟到底成了什么样子，是我迫切想知道的，也是来九寨沟前，我既向往也有所不安的。18年前，第一次来九寨沟的印象还清晰地记得。带着当年的印记进入景区后，我大吃了一惊。

震前在景区参观，车走的是环线，现在只能是折返。道路破坏严重，大量的施工设施布满路面。但为了不影响游人，施工尽量避开游客多的时候。在路上不时能看见手执红绿旗子的道路指挥，疏导着来往的车辆，给人井然有序的感觉。

昔日的火花海晨曦初照，美不胜收，而今，水落石出，少了韵味；长海墨蓝色的圣洁之水明显减少，五彩池更是萎缩得令人心疼，诺日朗瀑布不忍留顿，景区道路大面积毁坏……震前每天可以接待4万名游客，如今只能接待2000名，而且必是团体形式，游人如织的场面代之以人稀场静。景区外所有的演艺场所暂时关闭，昔日夜晚的灯火通明、歌舞欢唱代之以月明星灿、万籁俱寂。虽然在专家们看来，地震还没有使九寨沟伤筋动骨，充其量只是擦伤了皮肤，但仍然令我叹惋唏嘘、痛惜不已，以致欣赏的激情被隐痛撞击和纠缠着。

"地震是一把刀啊，不管多美的东西都下得了手。"此时，同行的一位诗人发出感叹。

"是把剑，比刀厉害。但剑是双刃的。你没看见双龙海瀑布吗？何况，九寨沟本来就是地震的产物呢！"显然，这位同行正从另一个层面进行着深入的思考。

即便如此，即便真如有人说的一切磨难皆是修炼，一切毁灭皆是创造，谁又能期待磨难、欣赏毁灭、原谅地震呢！

令我欣慰的，是九寨沟人的建设理念和坚韧精神。罗智波书记告诉我:"九寨沟不同于其他灾区,九寨沟是世界自然遗产,重建必须坚持四项原则,做到五个结合:坚持尊重自然、生态优先;坚持因地制宜、科学重建;坚持以人为本、改善民生;坚持创新机制、保障民生。做到恢复重建与生态环境保护相结合,与旅游产业提档升级相结合,与脱贫攻坚和全面建成小康社会相结合,与民族文化传承相结合,与提升基础设施水平相结合。九寨沟重建之所以要用三年时间,是为了把她建得更好,绝不能急功近利。"

指着烂熟于心的地图和规划图,罗智波说:"三年后的九寨沟将以风景名胜区和漳扎镇为核心,以南坪镇、川主寺镇和进安镇为中心,以九环线东线、西线和若九路三条通道为轴线,拓展一批新景区,推动形成全域旅游新格局,带动区域经济社会发展。"

这样一个新的蓝图,自然是令人振奋、值得期待的。

三

此次九寨之行,我除了领略了九寨沟的沟内景点,还用足够的时间深入沟外,体味另一种民俗、文化、惊喜。我也第一次意识到,九寨沟其实是一个大宝藏,不仅仅是山水美,还有很多美的东西被包藏着,还没来得及打开给人们看,这也正是我此次九寨之行的最大收获。

在沟外,我们深入的第一个点是勿角乡英格村。在这里我们领略了国家非物质文化遗产"伛舞"。

这是一个海拔3000多米的寨子所拥有的一个100多平方米的院坝，穿着鲜艳民族服饰、插着洁白羽毛的白马村村民正载歌载舞。我们接过村干部送上的哈达，在房檐下或蹲或站地欣赏起伛舞来。乡党委书记侯经纬告诉我，伛舞，也叫吉祥面具舞，汉语称"十二相舞"，是白马藏族祭祀和喜庆节日跳的一种神秘惊心的面具舞。这种舞大约形成于16世纪前，盛行于清朝至民国年间，它源于白马人崇尚"万物有灵"的原始时期，是氐羌文化与藏文化的融合体。伛舞一般有七、九、十一人表演，面具一般用单数不用双数，使用的动物形象主要有狮、龙、虎、牛、鹤、熊、凤凰、蛇、麒麟、豹、竹甘欧（一种春鸟）。

"为什么是这十一种？"我问。

其中的一位国家级伛舞传承人指着摆放整齐的十一个面具如数家珍地告诉我："狮子是兽中之王，能压倒一切，立于不败之地。龙是白马人特别崇拜的天神，能使风调雨顺，五谷丰登。虎是山中之王，特别醒目的是头上有天生的王字，白马人认为它能带来吉祥。牛是牛王菩萨，能为人类生活服务。鹤为飞禽中的猛禽，能吃掉毒蛇，所以雕刻的面具含着一条毒蛇。熊是勇敢顽强的大力士，历史上最早的部落以熊命名，称之为白熊部落、黑熊部落等，或者建立家族，称白熊卡和黑熊卡。凤凰是鸟中之王，是吉祥美丽的神鸟。蛇是灭鼠能手，对保护庄稼作用很大。麒麟象征祥瑞。豹，全身黄色、黑色、银白色的斑点花纹，捕食食草动物，凶猛。白马语称之为'竹甘欧'的是一种春鸟，季节鸟。

红眼圈,红嘴壳,红脚干,它报喜又报忧,称为和平鸟。"

在我们相谈甚欢的时候,我的同行者早已戴了面具,加入了跳舞的行列,那样忘情、如醉如痴。

这之前,我或多或少地以为生活在偏僻地带的少数民族是观念落后的代名词,但在观赏了伫舞后,我被深深打动,看法也改变了。在我这个外行看来,舞蹈的本身并非有多么优美,可它表达的内容和思想却是发人深省的:它的整体仪式体现的是白马人对大自然的崇拜,传达的是维护当地祥和的社会环境和生态环境的心愿。有这种理念和追求的民族怎么能和观念落后联系起来呢?他们几百年前就开始追求的不正是我们今天大力提倡的吗?看了伫舞,我对白马人肃然起敬了。

2006年伫舞被纳入中国非物质文化遗产民间舞蹈类名录。从此,九寨沟结束了只有自然遗产而没有国家级文化遗产的历史,也意味着该县的文化内涵大大丰富了。

我问陪同的一位小姑娘"勿角"是什么意思,她说是很远的角落的意思。是的,要把外面来的人吸引到这样一个地方,目前看还是有难度的。这也是侯经纬同志考虑最多的。他说现在困扰他的是两个方面:一是能传承的人不足十个,而且年龄较大,后继乏人;二是如果不能走向市场,保护也是一个难题。但他说令他欣慰的是县里实施的全域旅游将会带来机遇,他们有信心。

如果说伫舞带给人们的是一种神秘的、充满血性的、毫不掩饰的文化快意的话,那么南坪小调带给人们的就是一种现实的、艺术的、深情的大众欢愉。

在罗依乡、保华乡，我们两次观赏了南坪小调。在一个村民的院里，男男女女的两排人，前面的坐在木凳上，怀抱土琵琶。后面的站着，手捏瓷碟和筷子。年龄大的九十多岁，年轻的十几岁，前面的弹琵琶，后面的敲瓷碟。周围是百听不厌、大大小小、男男女女的村民。唱到熟处，全体参与，就连不会唱的孩子也要跑进场，扭捏比画一番。

南坪小调也是九寨沟县的传统艺术，据县委常委、宣传部部长刘志鹏介绍，南坪小调在很长一段历史时期内统称为"曲子"。一个曲子的曲牌有若干不同内容的曲子词，曲子词大多是根据古典故事、时事，由民间艺人口头编出，或是早就流传于民间的口头文学，用当地方言进行演唱。最早是山民们结束一天耕牧劳动后，或聚于庭前树下，或围坐于晚炊的火塘旁，弹起三弦琵琶，敲起瓷碟引吭高歌。逐渐大兴于婚嫁节假之日，乡亲们欢聚一堂，群弹群唱此起彼伏，气氛十分热烈，已成为当地人民生活中不可缺少的组成部分。

刘部长介绍说，"南坪小调"是在外来的民间音乐基础上发展形成的。它大概是清朝中叶以后由甘、陕的移民带入，其中文县人带来了"文县琵琶"，陕西人带来了"眉户清唱"，在近两百年的繁衍融会中，以"文县琵琶"和"眉户清唱"为基础，融合川北等地的民歌，吸收当地的藏族、汉族、回族的民间音乐素养而形成，并发展成为四川曲艺音乐中的一个曲种——"南坪小调"。从表现内容上可分为：历史传统类、爱情类、劳动生活类。从社会文化的角度讲是一定的文化层和文化圈，是川西北最具有地方特色的民间文化的群体活动形式。

虽然他们所诵所唱我不能完全听懂,但唱本我是看得懂的,确实是朴实无华、来自生活。比如:"手推八卦掐指算,灵英花园上香来";"头洞神仙汉钟离,赤面长须穿紫衣;手里拿的芭蕉扇,我与仙家庆寿安";"月儿落西下,秋虫叫喳喳,想起情郎小冤家,心里乱如麻。秋雨连绵下,西风冷透沙,痴空台前占个卦,注眼看花灯";"七岁修行翠云庵,十二年没下山,下山采药来炼丹,看中才郎心中乱,误了一世罗仙"。

我们一边吃饭,一边观赏第二场演出,看到不少同行者头戴草帽、墨镜,身披艳丽哈达,粉墨登场了。他们又唱又跳、其乐融融之景象甚是少见,与城市邻里矜持孤傲、互不来往、寡情冷漠形成鲜明对照,让我立即想起童年农村生活的快乐。

我过去认为,九寨沟只是藏民族的聚集地,听了"南坪小调"才知道,在很早以前这里就是一个多民族的聚集地。而为什么很多民族会在这里聚集呢?我翻阅了一些历史资料后才知道,这里虽然地处偏僻、地势险峻、环境恶劣,但它也是历代兵家的必争之地,尤其是唐代,唐王朝和吐蕃首领松赞干布就在这一带多次进行过血流成河的战争。战争结束了,胜者要留人驻守,败者总有人无处可去,也只能留下来,从而成就了多民族的聚合。因此,如果谁以为九寨沟的文化是完全的藏民族的文化,那就大错特错了。这里的文化习俗并不完全是藏民族的习俗,而是多民族的交会。

我不懂音乐本身的价值,但从一代又一代人陶醉于这一民间音乐的形制中，感觉到它的价值是不应被小视的。尤其是当我得知有好几位九十高龄的老人还经常参加演唱时，更加明白了这种音乐形式为什么这么大受欢迎。其实，它已经像种子一样种植在他们的心里，像血液一样流淌在他们的身上，随着生命勃发、律动，经久不衰。我甚至觉得它的价值可能被低估了。

在几天的采风中，我们还参观了罗依乡的高山现代农业产业区，品尝了园区生产的各种绿色食品；参观了位于云顶寨的世界唯一的高原高尔夫球场；就宿于漂亮的悦蓉山庄和名雅酒店……此行的收获真的是超过了我的预期。我深深感到九寨沟县在全域旅游上所做的大量扎实的工作，从而使我相信，这一战略的实施，必将使九寨沟更多的山水景物之美、文化民俗之美、健康运动之美、绿色饮食之美呈现于游人，九寨沟人民的生活也会因之更加美好、和谐、富裕、文明。

2018年6月23日于国家行政学院3号公寓

孤独的扬州

我是最先从一首诗里知道扬州的。

这首诗就是李白的《黄鹤楼送孟浩然之广陵》,小学以上文化程度的都会背。

故人西辞黄鹤楼,烟花三月下扬州。
孤帆远影碧空尽,惟见长江天际流。

扬州是九州之一。把华夏分为九州,相传是大禹干的,有"茫茫禹迹,画为九州"的记载。当时的四川地区称梁州。荆州以现在的湖北为主,也是九州之一。

扬州自汉"煮海铸钱",便开万世繁华,至隋唐,与当时的四川地区有"扬一益二"之称。

李白出生在益州,但他是在荆州写的这首送朋友的诗,朋友要"下"扬州。

李白和孟浩然关系非常好，好得非常自然、随便。

孟浩然要去扬州，提前告诉了李白。李白就从外地赶到孟浩然在的荆州。走那天，李白给他饯行，地点选在黄鹤楼附近。这次他虽然没在诗里提喝酒的事。但是，好朋友要走了，无酒不成席，无酒不助兴，无酒不消愁，就凭李白的性格和为人，肯定也喝了不少。而且还是在白天，不是晚上。

酒足饭饱后，他们也是在黄鹤楼附近分的手，所以诗说：故人西辞黄鹤楼。黄鹤楼，记的是分手的地点。烟花三月，是季节、是时间，也是诗人独特的计时方式和时间感受。朋友要到扬州，尽管去的是比荆州好的地方，分手也有点怅然若失。所以送走朋友后他看到的是孤帆远影、江流天际。而这"孤""远"的况味，李白也不是第一次体味。

今年11月18日，参加一个会议，我第一次从益州（成都）到扬州。很是期待，期待什么？自己也说不清。可惜是"飞"，不是"下"。两个多小时就到达，比"下"快得多！

一下飞机，就听当地朋友说，来得不是时候，应该在烟花三月！

不合时宜的人总赶不上合时宜的时间，我就是这样。我问为什么，答曰：扬州有个"烟花三月节"，你不知道李白说烟花三月下扬州吗？小学生都知道！

我愕然，并把这个小插曲说与一位同行的、名气不小的作家，他也愕然：扬州人把"烟花三月"这样理解？当然，荆州的三月也是扬州的三月，而李白主要是指在黄鹤楼送别时的时间：

黄鹤楼边告别，时令恰值三月，江边烟气缭绕，江岸百花怒放，这完全是荆楚三月的风光。朋友登船而下，望去孤帆远影，回头再看所剩，只见江流天际。写的全是眼前景致，这也更符合逻辑。清人沈德潜在《唐诗别裁》中评李白的诗说："七言绝句以语近情遥，含吐不露为贵。只眼前景，口头语而有弦外音，使人神远，太白有焉。"写眼前景，是李白的标签。至于那么远的扬州，孟浩然几月能到？扬州几月最美？是三月的烟花更美？还是小秦淮的柳巷迷人？李白没想过那么多，也不是他写诗的风格，似乎也没有必要告诉比他学识名望更高并令他尊敬的孟浩然。

虽所见略同，但进而仔细想想，又觉何必认真？因为，无论对扬州还是荆州，对作者还是读者，这些并没有多少意义。只是文人的偏执和矫情吧！

杜牧是扬州最好的代言人，在扬州写了很多至今传唱的诗。比如"青山隐隐水迢迢，秋尽江南草未凋。二十四桥明月夜，玉人何处教吹箫？"（《寄扬州韩绰判官》）"落魄江湖载酒行，楚腰纤细掌中轻。十年一觉扬州梦，赢得青楼薄幸名。"（《遣怀》）使扬州杜牧的诗歌名声远扬，也使今人得以从中窥到扬州当年的影子。

其实，自汉以来，歌咏扬州诗文的声音就不绝于耳。几乎囊括了历朝历代"仙""圣"级的文人墨客。苏轼的"试问江南诸伴侣，谁似我，醉扬州"虽有愁绪，但扬州有美人，有美酒，在美人美酒面前，愁绪也就算不了什么了。还有唐代诗人徐凝的"天下三分明月夜，二分无赖是扬州"，简直把扬州抬爱到无以复加的地步。还有明代的孔尚任、清代王士禛、郑板桥等的诗文咏叹。这些诗文写尽了古代扬州的温婉迷人、诗意浪漫、丰姿绰约、风韵独具,共同撩拨着古人也撩拨着今人,撩拨着皇帝也撩拨着平民。不但文人雅士常聚扬州,隋炀帝、乾隆帝居然也是三番五次亲临。

我来时应该是"秋尽江南草未凋"的季节吧。"秋气堪悲未必然,轻寒正是可人天"(杨万里),还是感到扬州的深厚和不俗,除了这些镌刻在历史长廊里、经久不息回响着的诗词歌赋,古运河、瘦西湖、个园、大明寺、雕版印刷……也依然丰腴。

与引人注目的历史相比,今天的扬州似乎变得沉寂、孤独了一些。我曾带着这一不想认同的狐疑问过一些不同年龄的朋友:扬州有什么?大多数的回答是极其现代的:炒饭、修脚师。如果说这样随意的样本并不能代表什么说明什么的话,那么,当地人对于"三把刀""皮包水""水包皮"(三把刀——剪刀、菜刀、修脚刀,皮包水——灌汤包子,水包皮——泡澡)的津津乐道远胜于对杜牧、苏轼等这些文人墨客的记忆和兴趣就大有深意了。于是,我想到了绍兴,感觉绍兴即使什么都没有,有了王羲之、陆游、鲁迅,就什么都不缺了。而绍兴人似乎也是这样认为的。在绍兴人的生活里没有一天可以离开这些人。尤其是鲁迅和他笔下的人物,孔乙己、阿Q、祥林嫂、闰土、鲁四老爷俨然成了绍兴的市民,每天游走在街头巷尾,穿行在游人之中。在诗意和生活的结合上,出师爷的绍兴确实和出修脚师的扬州大有不同。

我进而感到,当纯粹的现实主义的文化掠夺了生活的一些更为重要意义的时候，大多数人可能不会感到缺失，但总会有人为此尴尬、遗憾甚至痛苦。

古代有"天下文士，半集维扬"的说法，所以写扬州的诗文一抓一大把，而且写得那么好！而当代写扬州的文人雅士又能数出几人？尤其在江苏这样一个独据扬州、文人骚客又拥挤不堪的诗文圣地！

如今的扬州，更多的时候是活在过去，活在古代文人的描写中，活在漫长历史的记忆中。

扬州很孤独！但再仔细想想，在这样一个物欲横流的时代，孤独似乎也是一种风采，也无不可吧！

成都的雨

对我这样一个出生并长大于荒漠草原的人来说，成都的雨是别致的。

成都的雨完全不同于家乡的雨，除夏季的极端天气外，一年四季多数时候是润物无声的小雨。

在我的家乡，年降雨量大概在130毫米左右，超过250毫米的年份极少，雨是相对稀缺的资源。一滴雨下下来，无论是经过树梢还是径直穿过空气，都会在泥土中滴出小小的坑，大如纽扣，小似黄豆，好几天不会消失；即使滴在石头上，也要带上泥土的印迹，这是雨的踪迹吧，仿佛在告诉人们："这次我们下得不少呢！"

成都的雨不是这样的。成都一年中从天上降下来的雨几乎是我家乡的十倍。没有风尘，每一滴雨都是洁净的，落到地上也不会留下其他痕迹。

我家乡的雨总是和冷空气裹在一起的，下着下着，雨就会变成冰雹；也总是和风裹在一起的，所谓风雨交加一定说的是我们家乡的雨。成都偶尔会有疾风暴雨，有时甚至非常狂躁，但不经常。当成都下起这样少见的雨的时候，我常常辨不清南北东西，更不知身在何处。

我家乡的雨，也经常是雷声大雨点小，有时候浓云密布电闪雷鸣，看着盼着要下雨了，却滴了一两滴，就随风而去无影无踪了。有时候下着下着就下出了太阳，真的是东边日出西边雨。后来我发现，我家乡的雨是急就的，成都的雨是充分酝酿的，是要先把云彩一缕一缕地拼块，一块一块地铺开，一层一层地摞起，才开始慢慢地下。因为准备充分，一下就是两天三天或者更长。

"雨来细细复疏疏，纵不能多不肯无"，杨万里的这句诗虽不是写给成都的，可成都的雨与之类似，不分季节。

在成都的雨中漫步是一件很享受的事。

成都的雨是十分柔软的，落在身上几乎没有感觉。它很温柔，很绵软，即使冬天也没有多少冷意，却总像有一只手在轻轻地轻轻地抚摸。这是一种完全不同于北方的感受。如果在享受着这种感觉时，还有闲情逸趣留意你的前后左右，你会看到挂在尖尖的青草上的雨滴，那样晶莹剔透，像刚出生的婴儿酣睡在母亲的怀抱里，不用担心风的干扰。你会看到紧紧抓住一朵鲜艳玫瑰或者莲花不松手的一连串的雨滴。落在所有花上的雨滴几乎都是一串而不是一滴。不知是花迷住了雨，还是雨迷住了花。"细雨鱼儿出，微风燕子斜"，会忽而出现在你的眼前，忽而出现在你的脑海。

在成都的小巷或者公园，你还会看到，穿着短裙或者旗袍，打着一把伞在雨中缓缓漫步的女子。你一定会把她想象得像这小雨一样柔软、细腻，一定从她轻盈缓慢的步履想象过她的美丽和忧郁。想着想着就会进入民国的文人在我们的心上刻下的那种特有的情调。是的，就是一种情调，附着着诗意的情调。此时，就连知了也会痴迷地忘了歌唱，静静地陶醉去了。

小雨，也许是因了自己的细碎和准备充分，下起来就没有要停的意思。老成都的市民，可能都读懂了唐寅的那首"雨打梨花深闭门，忘了青春，误了青春"的词，也可能最知道成都的雨的习性，所以他们从不等待雨停了再走出家门去。他们总要在公园里头、小巷深处撑一把大伞，或者坐在湿不了身的屋檐下，穿个短裤汗衫，趿拉个拖鞋，跷起二郎腿，有一下无一下摇着蒲扇地品茶、打望、摆龙门阵、掏耳朵。细雨中，密密麻麻的大厦高楼也不像往常那么令人晕眩，脚打后脑勺的生活节奏也会放慢。你会觉得，其实这才是真正的成都。

所以，成都的人，即使这样的雨连续下个十天八天也并不烦躁。有这样的景致烦躁什么呢？

就连成都的农村也会在细雨中展现出一幅头戴斗笠身着蓑衣点缀在花草中的油画般的美丽。仿佛王建的"雨里鸡鸣一两家，竹溪村路板桥斜。妇姑相唤浴蚕去，闲看中庭栀子花"写的就是雨中的成都一景呢！

如无雨中漫步的经历，是无论如何读不懂成都的这种诗意和情调的。这种情调只能生长在类似成都这样的雨中，或者类似这样雨中的成都。很难想象北方能出现这样的情调。

成都说自己是一座来了就不想走的城市。若问为什么，官方会一本正经地告诉你：既宜居又宜业；民间会绘声绘色地告诉你：既好吃又好玩。而我却总以为这样的答案太过简单、功利而并不完整，至少还得加一句：有诗意有情调。包括这雨中的诗意和情调。

这也恐怕是自古以来文人的共识。

"晓看红湿处，花重锦官城"，是写成都写得最好的一句诗，但是，如果你认为这是写成都的花，那就错了，杜甫写的是成都的雨。

成都的雨是恰到好处的，是浸泡在诗画里的，是令人陶醉的！

2020 年 7 月 29 日成都

梭磨河流过马尔康时

因为"马尔康阿来诗歌节"的举办，近两年我几乎每年都要在马尔康待上几天的时间。这使我有机会从容地行走穿梭于蜿蜒激荡、风光迷人的梭磨河谷，并探幽马尔康这块充满神奇、生长美丽、出土特产的土地。

不，更准确地说是拜读。

梭磨河，大渡河的一条小支流，发源于阿坝州红原县壤口乡的羊拱山北麓，壤口以上称壤口尔曲河。过壤口，便进入梭磨乡。历史上嘉绒地区最显赫、级别最高的梭磨土司于康熙六十年（1721）就置长官司于此，并修筑了辉煌的官寨，使梭磨名声大震。因此，壤口以下改称梭磨河。它由东向西横贯马尔康全境。

马尔康市是阿坝州府所在地，下辖三个镇十一个乡，是一个以嘉绒藏族为主的聚居地，藏语含义是火苗旺盛的地方。梭磨河就在这火苗旺盛的地方日夜流淌。它是这座城市的动脉，也是嘉绒人的母亲河。

今年去时，已是 10 月下旬，比去年大概晚了一个多月。从成都出发，沿都汶高速、汶马高速行驶，过桃坪羌寨不久，便进入马尔康地界。昨夜下过的雪，白得像云像哈达，从山顶向下流淌，渐次笼罩了山的上半部，墨绿被白色覆盖。我过去一直以为看雪必须在北方，其实是错的，北方只是冬天有雪，而马尔康一年四季都有。

当白色流泻到山腰时，温度阻止了它的继续下行，白色变淡，绿色又成了主宰。不少粗壮的树枝依然挂着零星的雪，这雪因温度的升高变得有点黏，风一吹便会一片一片"啪嗒啪嗒"掉下来，也不像北方的雪是飞飞扬扬飘下来。再往下，接近河谷时便见各种各样盛开的花。村寨建在山脚下、河流边，河流绕着村寨走。寨子和河流总是交织在一起缠绕在一起，人就在村寨里和河流间生产生活。

秋天正是收获的季节。沿途可见，有人在菜地里弯腰干活，薅草翻地；有人在树下面搭个梯子采摘果实；有人在路边摆个摊摊，出售山里的特产和自家的花椒、水果、核桃、大南瓜、牦牛肉、各种民族特色的手工制品。看着这些，我在想，如果有人能把这些画成画，肯定比清明上河图还要美。

我过去一直以为马尔康只是一个普普通通的少数民族地区，风光如画，天高地远，纯朴自然，步态懒散。这样的环境又赋予人们特殊的禀赋，能歌善舞、豪放不羁、阳光简单、酒酣胸袒。偶尔也可见一些深深的历史印记和依然流淌在生活中的古老习俗。而这两年的行走，改变了我的认知，一些蕴涵在这个民族血脉里的细腻、执着深深打动了我！

21日，一个风和日丽的上午，我们有幸在当地作家巴桑、杨素筠的陪同下，从马尔康市沿梭磨河峡谷出发，驱车前往沙尔宗镇米亚足村，参观一个名为"吉岗擦擦"的博物馆。大约一小时后，到达目的地。当有人告诉我这就是要参观的博物馆时，我第一反应是：如果这能叫博物馆，它一定是世界上最小的博物馆。

博物馆位于吉岗山半山腰，总共有四间木结构的矮小房子，面积加起来也不足两百平方米，颜色是红色的，是藏区常见的红。它的创办者是幸饶巴兰卡师父。

"擦擦"藏语的意思是"复制"。擦擦博物馆收藏展示的全是"擦擦"。那么，究竟什么是"擦擦"呢？《无垢庄严经》记录了仓巴祖普和佛陀的一段对话，这段对话有助我们理解什么是"擦擦"。仓巴祖普问："善男信女们若想学精进菩萨纯正善行之业，应如何做？"佛陀回答："凡想进入居士乘法门学修菩萨纯正之善行，应制作善逝灵塔和擦擦，如是修持。"从这段对话里，我们可以把"擦擦"理解为对佛塔的复制。

2016年3月，修路的挖掘机揭开了吉岗擦擦的面目。这里出土的擦擦，有圆形、四方形、三角形等，大多是由泥土制作而成，大的也就五六厘米见方。

幸饶巴兰卡师傅介绍，吉岗擦擦已有一千多年的历史，真实记录了嘉绒信众在这神奇的土地上，生生世世积累的祈愿智慧和实修精髓，具有重大的文化价值，也被称为佛教造像艺术的"活化石"。

从四年前发现了这些擦擦起，幸饶巴兰卡就致力于它的保护、研究、展示和传承，倾其所有修建了这个博物馆，展出了几百件大小不等、形态各异、五颜六色的擦擦。在这偏远荒凉的山谷，有这样一个处所，无论如何是令人感动的。

博物馆的旁边有一间接待室，室内虽然简陋，但摆满了各种书籍，也就充盈了足够的书香。幸饶巴兰卡师父告诉我，他还要修几间房，让那些有文化有修养的作家，随时能住下。在他看来，传承文化是多么的重要和神圣。

乘车离去，车在山路上颠簸着前行，我蓦然回首，隔河相望，看到在天上的云、山顶的雪、风中的幡、地上的绿树映衬下的红色博物馆和依然在风中站立的幸饶巴兰卡。那一刻，我觉得看到了一帧无比动人的风景。

三郎若丹是另一位感动了我的藏族小青年。他身材高挑匀称，脸型轮廓分明，肤色黑里透红。四年来，他把打工挣来的将近一百万元，投进了他的博物馆。这个博物馆其实就是他的老宅子。22日上午，我和作家葛水平，共同把一块红绸子从刻着"阿尔莫克莎民居博物馆"的木匾上揭下来，算是为他的博物馆揭了幕。我很愿意做这件事，因为我被他的这样一种举动这样一种情怀感动着。

这是一个七层的石雕建筑，上大下小，形似碉堡，前临河，背靠山，高耸挺拔。据史书记载，在马尔康茶堡，早在五千多年前就有人居住，《后汉书·南蛮西南夷传》有载："垒石为屋，高十余丈，为邛笼。"据专家考证，阿尔莫克莎站在山谷里，至少有六百多年的历史了，但其保存完好，是嘉绒古建筑的活化石，对研究人类学建筑具有重大价值。三郎若丹2017年注册了"阿尔莫克莎民居博物馆"。

小主人带领我们一边参观一边作了详细介绍，使我们对这栋建筑的过去和这个博物馆的现在有了一个全面了解。

这栋房子总的使用面积大约一千平方米，完全是按照人的身体结构建造的。一楼过去是关养猪牛羊的圈舍，对应着人的肠子，也是排泄系统。现在主要展示马具、牛具、原始的木石农具等。二楼对应的是人的腹部，过去用于堆放草料，现在陈列各类藏茶，可以欣赏藏族音乐，品尝藏茶，也可喝咖啡。三楼是厨房和火塘，曾是一家人吃饭议事的场所，相当于人的心脏和胃，现在主要收藏农耕时代的酒具、陶锅、陶壶、桦木勺、酥油桶、馍馍木板、铜茶锅、铜水罐以及各种木碗、陶碗等生活用品。

在四楼和五楼，我们分别来到环绕三面的回廊。主人指着左右各一的木头房子告诉我们，那是粮仓，用于储藏麦子、青稞、大豆等粮食。他说："民间有个很形象的比喻，四楼五楼是母亲的胸脯，左右的粮仓就相当于母亲的乳房，如今也是存储了赋予生命的食物，人也主要住在四五层。六层主要是经堂，相当于人的大脑，是决定重大事情和平常诵经的。"

来到七层楼，看到楼顶插着那么多的经幡，小主人风趣地说："这是最高层，离天最近，插上经幡，所有的心愿都可以对上天诉说。你们看，嘉绒人在建筑美学和生活上的领悟，是不是充满了诗意？"

不得不承认，古老智慧的精美建筑加上他深刻形象的独特解说，使参观者大为震惊，久久不愿离去。

临别时，他告诉我们，博物馆计划今年底免费开放。他希望通过博物馆留住一段记忆，留住一段情感，记住自己的来路。他说，人活着总得有根呀！

我无论如何想不到，这位读书不多的青年人有着这样的梦想和情怀。

在马尔康市梭磨乡毛木初村也有一个馆，大约一百平方米左右，它的名字叫村史馆。在我有限的知识范围内，这应该是我国第一个乡村历史博物馆。馆内通过图片、文字、老物件等，展示了毛木初村半个多世纪的变迁。

村支部书记叫马永莲，藏族，高原的阳光和农村的苦力把她塑造成一位古铜色的女汉子，敦实、慈祥、快言快语。我称她马书记，她手一摆："别叫马书记，叫马二姐，十里八村的人都这么叫，都知道我。"她向我介绍说，"我们村最开始只有十几个人，原居民只有两户，都是藏族。"她用手指了指，"这头一户那头一户。60年代，知青下乡，森工进山采木头，毛木初村来了两批移民，从一个纯藏族居民的小村庄变成了一个藏、羌、汉和谐共处的示范村。现在有六十四户一百五十人，大多数都是汉族。"

在村史馆的墙上，详细记录了自1957年以来，村里发生的重大改变：1968年修建第一条土路；1986年开始通电；2017年全村脱贫……

"建个村史馆，就是让小一辈记住自己的来路，记住曾经的艰辛，感恩今天的好日子。"马二姐粗中有细。

从吉岗擦擦到阿尔莫克莎民居再到毛木初村史馆，马尔康到底拥有多少类似的博物馆，我没有统计过。但作为一个县级市，它拥有的博物馆数量一定是最多的，虽然并不宏大气派——为什么要宏大气派呢？这其中的深意是值得人们探究和深思的。

如果说马尔康的卓克基土司官寨、松岗天街、大藏寺，因积淀了独特而深厚的文化而成为地标性文物已经家喻户晓，那么这些正在成长中的博物馆，有谁敢否认它几年甚至几十年几百年后的价值呢？没有一种深植于这个民族骨髓的情缘和执着，谁会把大量的财物和精力花在此处呢？

阿坝州和马尔康的确是个令人感动的地方。他们打造了阿来旧居，如今已成为马尔康旅游的必去之地。他们在很多景区建了"阿来书屋"，真正把文旅融合生动付诸实践。他们设立的每年一届的阿来诗歌节，如一朵格桑花，一扎到这块土地上，就显示了对土壤和气候的无比适应，仅仅办了两年就受到广泛赞誉。

美，在我看来只有两种，一种是自然孕育的，一种是人类孕育的。在流淌着梭磨河的这块神奇土地上，这两种美鲜艳而茂盛地绽放着。我忽然觉得，所谓看得见山水、忘不了乡愁，应该就是这个样子！

不息的梭磨河啊，当你汩汩滔滔一往情深地流过马尔康时，我看到的不只是晶莹飞溅的美丽浪花，还有托举着你的静默深沉的河床卵石。

2020 年 11 月 15 日于成都

彭山， 半得山水半得仙

斯夫兄，你这次没能来彭山，我觉得是大有遗憾的，一则是为你，一则是为我。为你，是你终究没有机会来，没有遇见彭山。为我，是多年不相见，这次还是没有见到，高山流水不遇知音。所以，我一定要写封信，告诉你此次去彭山的一些所见所闻所想。

彭山，它的名气并不大，四川有峨眉山、青城山、四姑娘山等，都比它的名气大。在"山"字辈里，它实在排不上号，但是要说它的生气或者说仙气，那可是并不输给哪座山的。

彭山在成都的西南面，有"成都南，金彭山"的说法，毗邻著名景区黄龙溪，也可以说黄龙溪毗邻彭山。四川的山和水本来就是相依相偎紧紧相连的嘛！

说彭山有生气有仙气，首先是人家的得名就是因彭祖。彭祖，有说是姓彭名翦，在古代的典籍多有提及，包括《庄子》《楚辞》《史记》《列子》等，就明确说有此人，但多是把他当作神或仙而不是普通人。

从有关记载来看,彭祖的祖上不得了得很,从他往前推八代,他的那个祖先,就是我们华夏的先祖黄帝。

彭祖是最长寿的中国人,活了八百八十岁——这是传说,记录这个传说最全面的一本书叫《神仙传》,此书也被收入《四库全书》。彭祖曾在彭山这里生活修炼、传道授业、生儿育女,仙逝后也葬在这里。如果这次你来,能看到正在修缮的彭祖墓,能了解许多有关彭祖的传说和依据传说在建的一些展示项目、旅游项目。这些你未必感兴趣,但彭祖为什么能活这么大岁数?他有什么养生秘诀?你一定是感兴趣的。

彭祖具体高寿几何,我估计永远是个谜了,但后人对他的长寿之道所做的研究、阐释倒是有点意思的。彭祖的"研究专家"——更准确地说是当地的一些文化人告诉我,彭祖的长寿秘诀包括了天地养生术、膳食养生术、导引养生术、房事养生术。

天地养生术,无非是说一要顺乎自然,养天地正气,不要和自然规律过不去,否则只会伤身害体。二要找一个风光好、环境好、生态好的地方居住。膳食养生术是说要注意饮食。导引养生术是说要加强锻炼。你看是不是和我们今天的认识完全一致呢?在我看来,与其说这是彭祖的养生之术,不如说是我们每个人的养生之术;与其说这是对彭祖的研究成果,不如说是我们自己的经验总结。历史任何时候都穿着一件现代的外衣,只是它的色彩程度不同。不知你以为然否?

只是第四术听起来有点新鲜,也成为人们关注的焦点甚至朋友间打趣的一个话题。房事术,就是男女那点事儿,对常人来说,不过是生理的需要、快活的需要或者还有传宗接代的需要,可在彭祖看来,更主要的是延年益寿的需要。有文记载他娶过五十个女人,有一套完整的房事流程,除了大众的目的之外,人家更注重八个字:采阴补阳延年益寿。你听起来是不是有点新鲜呢?

而且我还要告诉你,这个地方大概古来便对这种男女之事有独特的认识或开放的意识。1941年由当时的中研院史语所、国立中央博物院筹备处和中国营造学社联合组成了"川康古迹考察团",对彭山江口的崖墓进行了发掘。其中发现了一件十分珍贵的文物——"秘戏石刻",后被郭沫若戏称为"天下第一吻"。这件文物是在一处崖墓洞穴的第三层门楣上发现的,高约五十厘米。刻的是一对男女相拥而坐。男子的右手从女子的右肩膀伸过去,轻轻捏住了女子的右乳房,左手直接伸进穿着短裙的女子的大腿间;女子的左手搭在男子的肩上,右手却握住男人的左臂;闭目深吻,十分陶醉;身心交织,生命相容。

把《秘戏图》置于墓口门楣处,不避讳甚至特意展示人体和性爱,据说这在中国性史上和陵墓史上是极为罕见的,所以当时令所有人大吃一惊,感到不可思议。甚至让当地的封建势力大为光火,以为有伤风化,准备毁而灭之。你若此次来,也是有机会得以一见的。

这一罕见文物,老实讲,雕刻并不精美,但它传达的信息很多,引人深思。比如,为什么是汉代而非其他朝代?为什么是在彭山而非它处？是一种祝福还是玩笑？是一个个例还是一种普遍？在性方面是不是汉代比今天的我们更加开放？等等。你比我智慧，说不定会有新的认知呢。我把图片寄你，聊补你此次未来的遗恨吧。你真该来看看实物的。

上面两个例子，是不是足以说明彭山很有生气，是个深藏着生命奥秘的地方呢？

彭山这地方还有个人你也一定感兴趣。他就是《陈情表》的作者李密。无论当时的李密是出于何种创作动机，《陈情表》都堪称一部惊天地泣鬼神之作。李密也成为孝义之师表，千百年来让刚正不阿的文人和官员泪湿衣襟。他不只是孝义的师表，也是智慧的楷模，他的智慧体现为"不群"。连孔子说的"学而优则仕"在李密看来也有点荒诞，人首先应该是"学而优则孝"，因此，他在为官与尽孝之间选择了孝。因为更多的人，在官与孝之间选择了官，所以李密才万古不朽。

人生漫漫，吾将求索，求索什么？与其说是真理，不如说是选择吧！而我们常人之所以是常人原因大概也恰恰在这里！比如，也许我们在该相爱的时候却选择了所谓的事业，在该去旅游的时候选择了所谓的赚钱，在该孝敬父母的时候又选择了远走他乡……而当所谓的事业和金钱到来之时，我们才知道自己永远地失去了相亲相爱的时光、旅游的能力和尽孝父母的机会。这是我此次读李密读出的另一层意思。你说不是这样吗？

是不是由此可以说，彭山也是个启发人如何选择人生、深藏着生存奥秘的地方呢？

我还想告诉你,彭山现在还是一个行政区的名称,它隶属于四川省眉山市,至今已有两千三百年的历史,现有三十四万多人口。彭山是半得山水半得仙。在彭山的下面有两条江,一条是南江,一条是府河。战国时期李冰治水,在都江堰把岷江一分为二,分出内江外江,外江向南直流而下,内江东流进入成都,在城里溜达了一圈儿来到江口镇和外江汇合,岷江又合成了一条江汇入长江。

2020年9月19日,一个暖烘烘的下午,我第二次来到这个古镇。这个镇如今引起人们的关注不是因为这两条江,也不是因为彭祖山,而是因为"江口沉银"这一重大考古发现。这一考古成果,被列为2017年的十大考古成果之一。我记得我曾告诉过你,我第一次来也是在今年6月,是奔着考古发现来的。考古队的队长叫刘志岩,吉林市人。由于在这次考古中的突出贡献,他已经成为一位网红人物。此次,他用一个小时的时间介绍了考古的全过程:江口沉银是不是存在,沉在了哪里,如何发掘,发掘的文物的价值和对历史、对张献忠认定的意义等。他逻辑缜密、深入浅出、口齿伶俐,讲得大家鸦雀无声。这是我第二次听他讲解了。那一次相见后,吃过一次饭,也留了微信,经常联系,这次再见便引以为朋友。他介绍目前已经发掘出五万多件文物,这是冰山一角还是几乎全部?仍然难下结论。

如今这个古镇人气挺旺。游人一方面是奔着考古发现来的,一方面是奔着江口的未来彭山的生气来的。和江口镇紧紧连在一起的是武阳镇,这个镇更加古老,但它们从来就没有寂寞过,从来没有被人忘记过。在20世纪的六七十年代以前，乃至更早的两三百年前，这里是无比繁华的。因为这里曾是茶马古道的必经之地和重要港口。当时武阳古城南河故道、江口古镇五里长街遍设水码头，川西北的茶叶、丝绸、棉、麻、盐、铁、稻谷及各类农产品屯满武阳大小堆栈，通过岷江水路上行运至成都，再经陆上丝绸之路运往欧亚，下行经乐山、宜宾入长江出海，经海上丝绸之路运往东南亚。

关于这段历史，不但书中有记载，如今镇上八十岁以上的老人还记忆清晰。

我还想告诉你，作为一个成都人，我第一次觉得彭山、武阳、江口不管过去还是将来都与成都有着不可分割的血脉关系。旧日成都人大大小小的日常所需，凡是外来的主要在这里装船，然后通过内江（也叫府河、锦江）送进去。同样，成都人想把自己的东西拿到外面去，也必须通过内江送到这儿，在这里的码头重新装船运往各地。说锦江是成都的母亲河，今天的人可能觉得离谱，但百年前无人敢否认。而将来的联系还将更密切，因为成都眉山正在同城化发展。

这些码头被废弃已经有大半个世纪了。我来时正是丰水期，岷江显得十分汹涌。在老码头的东边不远处，有一个名为"长寿旅社"的客栈。如今已不再接待客人了。它的主人是一位九十七岁的老奶奶和她的子孙们。这位童颜鹤发、干净整洁、头脑清醒、口齿伶俐、叼着烟卷、听着江流的老人，往那儿一坐，你就觉得老人家是既为江河作注，又为不老彭山作注。

彭山区的区长是一位名叫郭红的女子,四十多岁,博士。在两天的陪同接触中,她给我留下了实在、朴素、干练的突出印象。

吃过午饭,我们在一个矮矮的长条桌前席地而坐喝茶,她把鞋一脱光着脚丫子和我们聊开了天。我恍如隔世,仿佛看到了七八十年代乃至以前的基层干部。"她一定出生农村",这是我当时的第一感觉。经过打听证实了自己的看法。

她说:家中有孝子,老人多长寿。长寿和忠孝是一对双生子,就在彭山。世界卫生组织确定长寿老人标准是九十岁以上。一个区域的百岁老人占总人口十万分之七以上就被认定为长寿乡,彭山达到了十万分之十四,你说是不是长寿乡?

老百姓说,家有老是块宝,在她看来,老百姓认定的宝,政府就得当宝,就得鼓励支持。所以彭山区从2003年起开始给长寿老人补贴,分不同年龄,每人每月最低一百元,最高三千五百元,待遇之高在全国少有。郭红说,目的就是一个,让所有彭山人活得长寿,活得幸福,让不老彭山名副其实。当我对她竖起大拇指时,她又反问我:"发展为什么?不就是让咱们的老百姓活出长度活出宽度吗?"

她谈新农村建设的配套改革,讲土地的流转,自告奋勇提出给作家们讲讲新农村,希望我动员作家们来彭山搞个作家村,她说:"连回归田园的梦想都没有,那还叫文人吗?"

她说:"成都南、金彭山。彭山有山有水有文化,既是个生活的地方,又是个创业的地方,成德眉资同城战略、成渝双城经济圈战略，定会使彭山更加生机盎然。"

　　你大概听出来了吧，这位区长心中有数得很，那意思是彭山得山得水得仙之外，更重要的是如今得了国家的好政策！

　　是啊，不老彭山，到底蕴涵着多少生命奥秘、生存奥秘、生活奥秘和生机奥秘是值得前来探究的。

　　有空，希望你来彭山看看，最好住上几天！

2020 年 10 月 12 日

文言
Wen Yan

少点精致的俗相

——答《华西都市报·当代书评》记者

当代书评：在著名小说家刘庆邦先生为这本书（《行走的达兰喀喇》）所作的序《常怀感恩之心》中，重点提到您在书中表达出的对万事万物的感恩之情，非常突出。在您下笔的时候，有意识到这个鲜明的主题吗？

侯志明：在写之前，我没有意识到这个主题能感动人，也没想过。因为在写的时候，我根本没想到要出版，要跟读者见面。我写的都是对我触动很大的，让我想起来就或感动，或心酸，或痛恨，或不能忘记的。那些存在首先是打动了我，使我必须把它记下来，写出来，我才感到踏实，才感到对得起自己的良心。至于说我记下了这些也感动了读者，那不是我主观的意愿，而且也是我做不到的。刘庆邦是我的老师，他是第一个把我的作品发到国家级报刊的人。那时我在沈阳矿务局，他是中国煤炭报副刊部主任、中国煤炭作协的主席。中国作协和中国煤炭文学基金会有个"乌金奖"，我还得过第二届的第二名。给我的奖金是500元，相当于我当时月工资的 8 倍还多。那届的第一名是著名作家陈建功。直到今天刘庆邦老师仍然很关心支持我，这本书的出版离不开他的鼓励。

当代书评：您对自己写作的定义是"胡思乱想后自觉有理而被记下来的文字"。细致的观察和把观察转换成思想和文字习惯，是从什么时候开始形成的？

侯志明：大概是上大学期间开始的。在大三那年（1986 年），我一边看恩格斯的《反杜林论》，一边对照高中课本写了一篇指出课本错误的小文，发到了《社会科学》杂志，居然在当年的第十一期刊出，还给了我 25 元稿费（那时我每月生活费是 19 元，感觉像发了"横财"），这大大刺激了我写东西的激情。那篇小文章的底稿和那期刊物我至今还保留着，前两天还翻出来看了一下，还是觉得有点意思。我爱保留过去的东西，爱记笔记，包括我上大学的书、笔记，在煤矿、当记者、当官员的笔记，我基本是完整保留了的。去年，和夫人整理放在箱子里的书籍时，翻出了 30 多年前的日记，看了大半天，觉得很有意思。这些，好像对我今天的业余写作都是有帮助的。

当代书评：阿来先生在给您的序中提到了一个关键词叫作"非专业写作"，他认为这是一种更接近文学表达本意的写作。相比专职作家，在工作时间之外写作，显得更为自由而更接近文学本身。您怎么看待这个问题？

侯志明：是否更接近文学本身我不知道，但我这种业余写作，首先是自己想写，不是别人让我写的，不是先想到给别人看，更不是先想到发表，所以没顾虑，没压力，没紧张感。我觉得不管什么东西，作为业余爱好最好最快乐，一旦成为专业或职业，就容易掺杂进其他很多东西。再者，我不是名人、名作家，写东西可以随心所欲，不用想那么多。

当代书评：您对故乡的描写有很多，包括老屋老井，也包括童年的记忆。故乡，对您具有怎样的生命意义？

侯志明：我觉得对我的生命意义很大，缺了这些，我的生命就是不完整的。也可能是另一种，但肯定不是这一种。

当代书评：您解释了这本书现在的名字的含义，但又提到了这本书原名为《无家可归》。书中的确有一个章节名为"无家可归"，但看时间是1999年写的，将近20年过去了，这种想法有没有更加升华或者改变？

侯志明：有。阿来主席给我写的序是《处处为家处处家》，实际他把原诗改了一个字。原诗是"处处无家处处家"，我理解主席的意思。通过他的文章也更理解了家的意义。

当代书评：读您这本书，让人深深感受到您对家庭、对故乡的热爱，对亲情的格外重视。这在匆忙的现代社会，显得很可贵。这跟您出生于内蒙古大草原有关吗？

侯志明：这跟我出生在内蒙古大草原是否有关系，我从来没有想过，现在也想不清楚。说有直接关系吧，好像逻辑上不对；说一点关系没有吧，好像也不对。但辽阔的大草原确实给了我很多东西，尤其是开阔的胸怀、忠诚的禀赋和爱。就如我在"跋"中说的，遇人遇事多有感恩，少有不平，想得开，过得去。对家庭对故乡的热爱,对亲情的格外重视,在我看来不应该和"匆忙的现代社会"对立,因此也不觉得可贵。我想对我对大多数人来讲,都是本然吧!

当代书评：您在作协工作,跟专职作家打交道比较多。这份工作,对您工作之外的个人写作有怎样的影响?这两者之间是怎样的关系?

侯志明：作为四川省作协的党组书记、主要负责人,我的主要职责是履好职,为作家们服好务。这是组织交给我的任务,也是我上任时的表态。不管我有多少业余爱好,这一点永远不能改变也永远不会改变。写作是我的业余爱好,它不但不会影响到我的工作,一年来的体会是,我通过写作感到更容易和作家们沟通,更容易走近作家,也更容易让作家们接纳我,使我对他们的所思所想有所了解,这样我才能更好地完善一些办法和措施,更好地为作家们服务。我也想通过写作尽量使自己从一个外行变成一个内行。我想这对作协也是有意义的。

俗话说,三人行必有我师。四川有很多了不起的作家,和他们在一起对我的业余写作有很大好处和帮助。我看他们的书时,会忽然觉得,原来文章还可以这样写啊。同时,因为这毕竟是个文化人群体,总还是谈书谈文化的人多,读书写书的人多,使你总觉得自己应该多看点书,否则,你没法跟人家在一个频道说话。另外,也有很多机会接触到全国的大家名人,甚至国外的大家名人,都有意想不到的收获。有人说,读好书,交名人,可以养浩然正气。我想,即使不能养浩然正气,至少也可以少一些俗相俗气。我记得铁凝就说过:"我珍视和杨绛先生的每一次见面,也许是因为我每每看到这个时代里一些年轻人精致的俗相,一些已不年轻的人精致的俗相,甚至我自身偶尔冒出的精致的俗相……正需要经由这样的先行者,这样的学养、见识、不泯的良知去冲刷和洗涤。"因此不光是对写作有好处、有影响,对人生都会产生很大影响。

当代书评:这本书中不少都是以前写的文章。这些年您应该还积累了不少文章。对于写作您还有怎样的计划?

侯志明:确实这本书的大多数文章是以前写的,有的是20多年前写的。还有一些没编进这本书,因为内容不一致。比如还有一些写人的。这些年也写了一些,但不多。写作是业余爱好,只要有触及我灵魂和激情的,我还会写,但我不会为写作而写作,更不会为出书而写作。对将来的写作,目前没有计划。

当代书评:这本书为什么起名叫《行走的达兰喀喇》?这个名字看起来非常有历史地理况味。对不少读者来说,"达兰喀喇"这个蒙古语显得陌生而神秘。您为什么选中这个词?而又为什么是"行走的"?

侯志明:为什么取这个名字,这在我的"跋"中已写清楚了。其实,在出书时,我才感到,取个满意的书名比写好几篇文章更难。因为它要概括那么多东西,还要让人感到新颖、不落俗套,而且就那么几个字,所以难。为这本书,我至少取过30个名字,但都觉得不满意。现在这个名字也不见得是最好的。如果说读者看了这个题目感到了陌生而神秘,从而激起了想翻翻的激情,那实际也是我的目的之一吧。用"行走的"三个字,是要表明故乡故土一直在我心里,不管走到哪里。也不瞒您说,这个书名也是身边很多朋友的集体智慧,还要感谢他们。

当代书评:从您的履历可以看出,您的经历非常丰富。您是内蒙古四子王旗人,先后在沈阳矿务局、新华社辽宁分社、新华社四川分社以及四川绵阳、内江、峨眉电影集团工作,现供职于四川省作家协会。这些丰富的人生履历,对您的散文写作,有怎样的滋养?

侯志明:每个人都有自己的经历,经历应该是写作的好素材吧!不同的是,有人愿意把它写出来,有人不愿意写。有人写得好,有人写得差。我愿意写是因为我愿意总结、反思、追究、拷问自己,即使我写得不好甚至很差。比如,其实我也问过自己,如我这等凡夫俗子既不能成家又不能成名,亦不需以此为生,为什么要写这些?有什么用?后来看铁凝的书,看到这样一段话:"艺术本身可能并不存在非此即彼,但叫醒灵魂,洗涤尘埃,应该是艺术最重要的不会过时的功用之一,无论在遥远的从前,还是在近切的当代。"读这几句话,我忽有醍醐灌顶、茅塞顿开之感,又有清风徐来、神清气爽之觉。那我就希望通过坚持写作,经常叫醒自己的灵魂,经常洗涤心灵的尘埃,努力少点"精致的俗相"!就算于人于社会无补,但至少对修正自己有益。

三　真

近年来，陆陆续续写了一点散文随笔包括非虚构的作品，也陆陆续续在报刊上发了出来，得到一些朋友的关注。有关注文坛的记者朋友让我谈点什么。谈什么呢？

就像我在出版第一本散文集的时候在后记中写到的，我始终是一个文学，再说具体点是散文写作的业余爱好者。我没有能力、才华和储备做一个专业作家，这是客观事实，也有自知之明。同时我也没做一个专业作家的想法和追求。这和我的性格有关，我总认为，不管做什么，一旦成为专业就很吃苦，很沉重，而业余爱好则进退自如，没压力很洒脱。你做好了别人会说：你看人家是个业余爱好者，都能做这么好；你做差了，人家也会原谅你：本来就是业余爱好嘛！

我属于这类人，不跟别人比，不爱较劲，没有大追求，不与自己过不去。

阿来主席说我是"非专业化写作"，他一针见血。

至于说我的作文连续被许多地方的学校拿来做试题考人，我觉得不说明任何问题，顶多说是满足了出试卷人的需求。再说多点就是思想上没有问题，情感上没有问题，逻辑上没有问题。还有就是因为篇什短，长了人家放不下。除此之外说明不了任何问题。

其实说到短，也是因为自己的写作能力问题和"积习难改"的原因。

我很欣赏许多作家的洋洋洒洒，下笔万言。但我写不出来，做不到，我以为原因主要是我读书少，知识面窄，想象力差，无法旁征博引，无法潇洒。我想写什么就只能写什么，因为这些我熟，无法触及之外的、不与之相关的内容。有意注水就更不敢想不敢为，我认为这是对读者的不尊重，对自己的不尊重。

而说"积习难改"，大概是因为我当记者的时间太长，尤其是当新华社记者，对篇幅的要求很严，消息基本不能超过500字，一般的通讯不能超过3000字，还得分上下篇发，还得相当一级的领导同意。不要说多一句难，有时候多几个字都难。所以这习惯至今难改。虽然现在的稿费是按字数记，但我有时仍然为所动而始终动不了。

作为一个散文写作的业余爱好者，我从开始就是有一个遵循的原则——三真：真事、真情、真理。

我看著名作家徐则臣谈创作谈到"写自己想写的，写自己能写的，写自己能写好的"，很合我的胃口，我也认为这是一个有良心的作家的自我要求，也是一个作家真正长大的必然之路。

我的很多作文，都是真事，是我非常熟悉的真事，基本没有虚构的。比如写我的父亲母亲（我也实在想象不出，再聪明再有才华的作家如何能够虚构出现实之外的另一双父母来），写我的老师，写我的妻子，写我的儿子，写我的老屋等，都是真人真事，熟人熟事，毫不陌生。属于自己想写、自己能写的人和事。写完还要读给他们听，看对不对，不对马上改。我觉得你敢把写的东西读给被写的对象听是需要勇气的，是需要真诚和坦诚的。比如我写大科学家于敏、企业家倪润峰，都是把定稿亲自送给本人（单位）审定的。这是真假的考验。有人写了别人，怕被别人看，说明真实性有问题。有人辛辛苦苦写了人家，结果被写的人不领情。大概是有假，至少不是那么回事。我不这样写东西。不是真事我不写。

是真事，我不熟或者说没有被打动我也不写。

既然写了，我绝对是被打动了的，是情感促使我去写，真情去写，因为我没必要虚情假意地写东西来换取什么证明什么。其实能换取什么证明什么呢？

回过头来看我20多年前写的东西，和现在还是有区别的。变化在于过去的真情实感太不节制，太矫情，太放纵。现在感觉有所收敛，平实了许多。这一方面可能是年龄的原因，一方面也是学习别人的收获。我看了阿来的作品后，有一次跟他说："我看了您的作品，让我泪流满面一夜无眠，想象不到您在创作过程中掉了多少眼泪。"他说："是真的，只是要尽量克制。一来不想太放纵，二来要使文本节制。"听君一席话胜读十年书，这对我的启发很大，影响很大。我知道了，尽管是用真情写，也要克制，不能放纵。我想这也算对读者的尊重，对自己的尊重。

用真情写真事，在我来说只是个写作的过程，并不是目的。我写东西，只是想从这些感动自己的真事中，悟出点东西来。告诉被我写的人，这件事对我的影响，告诉读者我们应该从这里悟出一个什么理。我这里说的"真理"，不是马克思主义哲学范畴的真理，而是生活中的一些道理，有时候也可能是些大道理。如果你絮絮叨叨地写了很多真事，写得也痛哭流涕，也很煽情，但如果你不告诉读者为什么要写这些，那么你的这些东西就可以作为日记留着了，至少是没有必要发表了，因为发表是为了让人看的。那就像祥林嫂了，尽管逢人便讲的她的事情很真实，她讲得也很动情很值得同情，但大家肯定不想听。甚至会像鲁迅说的，"无端消耗别人的时间，其实无异于谋财害命"。所以，我的散文都有一个自己提炼出的结尾，类似于聊斋的结尾。可能是画蛇添足，但我还是觉得必要，还是坚持了的。尽管有人认为这是作文的败笔，甚至是最大的败笔。

当然，可能有人会说，好的散文应该是形散而神不散，必须要散。

这话没有错。但散必须有节制。我也读过一些作家的作品，有的还是很有名的作家的作品，写得太洋洋洒洒，以至于自己可能忘记了在写什么。我读得莫名其妙，一头雾水。我认为散文的散至少应该遵循这样几点：散得开，聚得拢，围得紧。

如何解释？举个例子吧。比如鲁迅的《藤野先生》，全文是

3218字，但前面写了711个字（几近四分之一），才出现了有关藤野先生的描述。这711个字，都写了些什么呢？有"上野的樱花"，有"盘着大辫子""还要将脖子扭几扭""标致极了"的"清国留学生"；有"咚咚咚地响得震天"的跳舞；有朱舜水的客死地；北京的白菜，福建的芦荟，日本的监狱、芋梗汤；等等。这些咋看都与藤野先生毫无关系，够散得开了。但仔细想想，没有一句不是为了衬托藤野先生的出场，不是为了突出藤野先生——一个日本人比中国的留学生还要关心中国的医学，还要关爱一个中国的真正有抱负的留学生。

这就是聚得拢，围得紧，就不是多余的。

鲁迅写的是真事，用的是真情，最后也交代了为什么要写这篇文章和写后作者本人感悟到了什么，应该怎么去做。这就是鲁迅在文中写道的："有时我常常想：他的对于我的热心的希望，不倦的诲，小而言之，是为了中国，就是希望中国有新的医学；大而言之，是为了学术，就是希望新的医学传到中国去。他的性格，在我的眼里和心里是伟大的，虽然他的姓名并不为许多人知道。"所以他要写，而且"每当夜间疲倦，正想偷懒时，仰面在灯光中瞥见他黑瘦的面貌似乎正要说出抑扬顿挫的话来，便使我忽又良心发现，而且增加勇气了，于是点上一支烟，再继续写些为'正人君子'之流所深恶痛绝的文字"。这也正是这篇文章几十年来被公认为中国现代散文最优秀的代表作品之一的原因吧。

至少我是这样认为的，至少它对我的影响是深远的。

我的"三真"观，就是在诸如《藤野先生》《背影》《内蒙古访古》这样优秀的散文作品和优秀的文学家的影响下总结形成的。

著名文学评论家谢有顺说:"真实地写出一段人生,并为一种朴素的人格加冕,是文学能感动人的核心品质;而在一种生活背后,看到那条长长的灵魂的阴影,咀嚼它的幸福和悲伤,并思索它的来路和去处,是文学得以重获心灵深度的重要通道。"这句话同样强调的是朴素真实的事,或幸福或悲伤的真情,思索一种无论是来还是去的心灵轨迹、人生轨迹这个亘古千年未为一统的真理。

我十分赞同这一观点,并以为尤其应是散文的核心价值。

进了左耳把它从右耳赶出

晓阳,你送给我的书稿,因为字数不多,我第二天就读完了。而且,我还把我认为写得不错的几篇重读了一遍。所以我以为我可以就你的作品直接谈点个人的浅见。

当然,在谈你具体的作品前,我想谈谈一边读你的作品一边想到的一些东西。这些东西可能离题万里。是的,我想你也不会反对的。

俗话说,世间万物唯情不朽。写作亦如此。好的作品,都是作者倾注了感情和真情写出来的。就像我们平常简单评价一个人一样,如果我们说一个人一点感情都不讲,一点真情都没有,那这个人一定是有问题的,即使他或她可能长得比潘安或西施好看。反之,如果我们都说一个人重感情、有情义,这个人一定错不了,即使他或她可能长得比卡西莫多和刘姥姥难看。

情为何物?

首先,这里说的情不只是男女之间的爱情,不只是叫人以身相许的那个情,而是一种情绪、情感,这二者构成了感情。感情是人对客观事物的一种特殊反应,是一种特殊的主观意识,它对应的一定是一个客观存在。就像作家,他一定是面对他叙述的事件、塑造的人物表达他的感情。刘勰说的"情以物迁,辞以情发"便是。如果没有一个客体,作者却自顾自地抒发感情,是难以成立难以想象的。

其次,这种感情是真挚的而不是虚假的。真挚的感情就是一种不得不表达的感情,不表达就难受不愉快。而虚假的感情是勉强找话说的感情,是一种低级趣味、卖弄风姿,貌似"一把辛酸泪",实则"满纸荒唐言",最后给人以一种无病呻吟的感觉,甚至使人作呕。

再次,这种感情一定是健康的感情,充满了审美的光芒、认知的力量,让人愉悦、享受,收获知识、智慧和启迪。

情源于心,所以才有心情,心不离情,情不离心。真情来自用心、专心。

不错,这是我读你的作品联想到的,或者说不只是因为读你的作品。那么,为什么是在读了你的作品以后才把它写下来,是因为我想告诉你和读者,你的写作便是情之所至并在一种健康的情感驱使下的自然写作,而这样的写作是文学创作的本真,它最大的好处是注定了作品的不俗。

读你的行旅篇中的《聆听丽江》《伤痛刘公岛》《在兰州看〈四库全书〉》等,看得出你是在用心游览、用心阅读、用心聆听之后,在一种"登山则情满于山,观海则意溢于海"的情感驱使下，自然而然地写就的。可以想见你是一气呵成的，也充满了审美情感的。如你在《聆听丽江》中写道："聆听丽江古城之水最好是在半夜之后、月出东山之际。此时，游人渐稀，喧嚣渐无，最好是孤身一人，随意择一近水楼台，捧一杯丽江雪茶，绝不能饮酒，坐在一把半新旧的竹椅上，水声就如约而至了。"在《平遥古城，晋商发源地》写道："丽江透着小桥流水的轻灵，平遥带着沧桑历史的厚重；平遥可以激发你搏击天下的勇气，丽江可以抚慰你浮躁受伤的心情。"

在阅人篇中，无论是对同学、老师的回忆，都是小中见大，事中见情，都通过对事的叙述，表达真挚感情。

世说篇、史札篇、剧点篇、书话篇等也都是你处处有心、处处用心专心、处处动情、情之所至的产物。但你的表情又很节制，文本很节制，不煽情、不注水、不故弄玄虚。看不出作者除用心和动情后难以抑制的表达外还有另外的功利企图和欲望。这在当下的写作中也是可贵的，值得提倡的。

另外，你的语言亦见功力，朴实无华、不做作、不滑腻，这是出乎我意料的，不能不提。

这是仅仅从你的写作文本看出的。我以为这便是这本集子的价值所在了。

从我了解的你本人看，多少年了，我一直认为你是一个本分好学、淡泊无争、宁静通透的人。文如其人的说法在你的身上也得到了印证！

如果非要对你的作品说点不足，我以为一些篇什政论的色彩太过浓烈，新闻写作的痕迹明显，文学情愫稍逊，给人以读新闻和时政的感觉，而非读一部散文作品。我想这也和你是报社的总编有关吧！许多时候屁股决定脑袋，脑袋决定写作，也难避免！

  这是我读你作品后的一些感受，无论是赞美还是批评都是一家之言，不知有无道理，但觉不吐不快，权当茶余饭后的一次闲聊吧！尤其是近似批评的意见，若进了左耳，一定要立即把它从右耳赶出，不必当真！

  其实，我还深知你功底深厚、热爱文学、有情有义、勤奋好学，我也完全有理由相信你会创作出更多更好的、无愧于时代的作品！

  期待，并致撰安！

2019年11月5日于成都

当悲悯在笔下流淌时

——读阿微木依萝的《檐上的月亮》

我大概只用了不到一天的时间读完阿微木依萝的《檐上的月亮》。

这是一本刚刚获得了第十二届全国少数民族文学创作骏马奖的散文集,是一位"初中肄业"的作家的作品。但是它吸引了我。

是的,是她笔下的人物和语言,是她握笔和写作的姿态,是她笔端流淌的一种无形的东西。

我和阿微或许曾谋面,或许不曾。这有什么关系呢?不是"见字如面"吗?

我必须承认自己从来不曾写过任何一位作家和任何一部作品的评论,也从来不曾想过要写这样的东西。因为我不具备这样的理论素养、学识素养。我也很少做读书的笔记,因为我读书甚少,又囫囵吞枣、不求甚解,更重要的是自己对好与不好的辨识能力是如此之差。但是当我读着阿微的《檐上的月亮》时,被深深吸引了。即使掩卷之后仍然沉浸其中,试图从中探寻和发掘出阿微的奥妙。

这本书给我的第一印象是:没有大人物,只写小人物的小;不引名人名言古诗古词,深信自己的写作只能用自己的语言;没有传统程式,等等。

在阿微的笔下,至少在《檐上的月亮》里,没有一个大人物——如果人物是可分大小的——其实再大的人物还能大过自己的母亲?没有,没有一个我们常识中的大人物。她写奶奶的发,写伯母的眼,写三婶的鼻子,写陈奶奶的嘴,写大伯的耳,写土比阿妈的腰,写妈妈的肩,写乞丐的捕食,写理发店的老板、落魄的诗人、爱骑摩托车的青年等。人物本来就够小了,她还要写这些小人物身上更小的东西,而且把他们写得生动逼真、有血有肉、个性鲜明、可恨亦可爱,写成了一个个完完全全的人。

陈奶奶"会缓缓地,像爬虫一样回家",三婶的小眼睛在提到奶奶时"睁得更大,比看我不顺眼时还大",菜饼先生"坐在教室最后一排的他胡子都快甩到黑板前",阿牛的母亲"悲伤地哭了一整天,捶胸顿足,好像她死去的丈夫又重新死了一次"……

读着这些,我忽然觉得,把一个"大人物"写得高大上、少有人情甚至违背人伦是当下作家的常事,而把一个"小人物"写得有血有肉,写出人性的本真和光芒却是作家的本事。

阿微,无疑是这样的作家。

为什么?也许像我在开头所说,是因为她握笔的姿势和写作的姿态。换句话说,当一个作家总是用俯视的眼光看待书写对象时,只能看到他头上是什么样和头上有什么,永远不会注意他的脚是什么样和脚下是什么。而人生的大多数意义其实在脚下,在走过的路上。真正的作家永远是自觉地仰视,对人永怀敬悯之心。

现在有种现象很值得关注,有少数人仅仅发了几篇作品、出了几本书,便自觉不自觉地会把自己摆在"大家""名家"的位置上,会臆想性地给自己戴上不少虚无缥缈的光环,以至于迷失了自我。于是在所有的物事面前都是傲慢地俯视,握笔的姿势和写作的姿态也随之改变了。没有真感情没有细观察,怎么写呢?只好顾左右而言他,引用几首古诗词,摘录几句名人名言,考证一番是非真假,以为既救急,又展示了才华,聪明得很。其实这样的作家,读者是从来不买账的。

阿微无疑不是这样的作家。

在她的作品中,至少在《檐上的月亮》中不曾有过一点。她从来不注重每个人头上的光环,就像她从不掩饰自己的学历——她在简介中告诉人自己"初中肄业"。她注重的是他们的头发、眼睛、鼻子、腰,他们臭气熏天的脚,他们身上的汗渍、头上的伤疤,等等。

写他们的淳朴也写他们的不争气。

"吃饭了吗?他窘迫的样子,憋了半天居然用这么一句老土的话和我打招呼","他们还没有完全懂得在城市生活的经验,已经学得像城市人一样潇洒了","依妞和子噶在临走的头一天晚上就开始打点行李。从我这里分走的碗筷也一起打了包","子噶倒穿得清爽,一件白色的衬衣,居然奇迹般地配了一条花领带"(《流浪的彝人》)。

凡人是动人的,日常是动人的。

但是,如果说一个作家写了这些就能赢得读者,那也一定是荒唐至极的。

那么,为什么他们在阿微的笔下是成功的?在我看来,这是因为悲悯之心。没有悲悯之心的作家不可能关注小人物,更不可能为他们的一颦一笑一举一动一言一行甚至那种可恨可怜而流淌真诚的感情。真正的作家笔底应该流淌永恒的悲悯,而不是任何其他,即使天赋的写作才气也必须是悲悯的色彩,否则,才气也是面目可憎的。

这里的悲悯,不是哀伤不是同情不是可怜更不是轻视和蔑视,而是慈悲,是对人间苦难的一种感同身受的情感,是一种宽厚的爱。

同时,阿微极具写作的语言天赋。比如"这个时候他闯不过去,她的一生就过去了"(《冒险者》),"我们这里的小镇建在河道边,贴在山脚像啃剩的半块烧饼","假如过于贫穷,生活不是把你磨脱一层皮,就是将你磨成一把灰,或者,像菜饼先生那样的,磨成一个骑手"(《骑手》)。

阿微有天赋的写作才气,而她的才气是和悲悯共生的。为此,我们有足够的理由相信她的前景和未来。当然,有一天当她只剩才气而无悲悯时,我想阿微也许会成为另一类作家。

巴尔扎克说，悲悯是女子胜过男子的德性之一，是她愿意让人家感觉到的唯一情感。我觉得这句话适合放在此处。

当悲悯在笔下流淌时，作品便会在读者中流传。

这应该是一种创作规律吧！

人生无处不宽窄

老朋友晓梦出了一个题，让我围绕成都的宽窄巷子谈谈宽窄。

这个题目对我来说很大很难，一方面因为我只是个半拉成都人，对宽窄巷子的历史知道的太少，顶多是九牛之一毛。另一方面对宽窄巷子的今天也知道的不多，只限于表面的青砖青瓦吃吃喝喝，顶多是一牛之九毛。其三，朋友让我谈宽窄，肯定不是让我写一篇由西向东或由东向西或由宽到窄或由窄到宽的记叙文说明文。因此真不知道该从何谈起。

但我知道成都的宽窄巷子很好很出名，我虽去得不多，但有外地朋友客人来了，我第一个推荐的去处就是宽窄巷子。我认为那里是成都的文化地标，包容了成都几乎所有传统的现代的文化。而我自己之所以不经常去，是因为我去了就发蒙：本来走在宽巷子里，人一多就以为自己走错了——走的是窄巷子；而走进窄巷子，人一少又觉得错了——走进了宽巷子。其实物理意义上的宽窄巷子是从来没变的，变的是因当时的氛围而引发的心情和感受。

还有一次，急匆匆赶个饭局，不知道置身何处，问一位街边坐着的男子："这是宽巷子还是窄巷子？"没想到男子告诉我："这是井巷子。"从此我才知道，和宽窄巷子并排的还有一条巷子叫井巷子。从此我就觉得自己的智商太低了，尽量不去。

我认为，宽窄巷子只应该在成都，放到其他地方不合适，比如放到我的老家内蒙古。换句话说，是成都的文化孕育了宽窄巷子、滋养着宽窄巷子，其他的文化土壤长不出宽窄巷子。人们喜欢成都喜欢宽窄巷子是因为它独特的文化，而这种文化同时又超越了地域。

如果说物理上的宽窄并不复杂的话，哲学上的宽窄却并不简单。

读有关曾国藩的传记，看到曾国藩说，自己天分不高，一生走的都是窄路——笨拙：读笨书、打笨仗、想笨法。可是，看曾国藩成功的一生，我们完全可以认定，他走的是窄路，但最终走向了宽处。他告诉我们的是一个深刻的哲学命题——任何事物的两极都是相通的，宽窄也不例外。这说的就不是物理意义上的宽窄了，而是哲学意义上的宽窄。

讲几个故事吧。

有一年在北京学习时，一位西北的教授讲了他自己的一个引以为自豪幸福的故事：他在北京结婚安家后，就把农村的老母亲接了来同住，十来年了一家人其乐融融。他很以为幸福自豪。但他说，起初几年实际上很不和谐，主要原因是婆媳关系不好。但婆媳关系不好主要是他的问题。他开始总要求夫人对老人必须像他一样，但是妻子怎么努力也不能做得像他，为此他们吵过闹过，吵了一两年问题也没解决。于是他问自己，问题到底出在哪里？经过反思，他认为自己错了。他不应该对夫人提出这样的要求，因为母亲生了他，但没有生妻子；母亲死后，法律规定继承遗产的是他不是妻子；母亲晚睡，多数时候等的是加班的儿子，不是媳妇……更何况，他对夫人的双亲也难比妻子，权利不对等、关系不对等，为什么义务要对等？推己及人，明白了这个道理后，他对妻子的要求标准降低了一点，这一降低，得到的是和睦和谐。他说：唯宽可以容人，唯德可以载物，过去要求人太窄，总也走不到宽处。我想他的这个故事很好地阐释了宽窄与人生的意义，尤其是宽以待人的重要。

《菜根谭》中有句话："处世让一步为高，退步即进步的张本；待人宽一份是福，利人即利己的根基。"恐怕说的就是这个道理。

我在看完《雍正王朝》后写过一则日记，是有感于四阿哥焚烧"百官行述"的事。大家知道，所谓的"百官行述"不过是一些人为了斗争的需要弄的事，是一些也许真也许假的告状信告状折子罢了。许多阿哥们，知道后如获至宝，以为这下抓到他人的把柄可以要挟他人打压他人了，可是到了四阿哥那儿，一句话："谁也不许看，烧掉。"要知道他那时还是个阿哥，连候选太子都还不是，按一般人理解，这是多好的打击对手强大自己的机会。

可他想的是朝纲朝纪、家国天下，唯独没有想自己，看都不看，烧了！我感叹：这该有多宽的心呀。于是我连续写了几个赞赏的字："非凡、非凡。"其实，宽和窄从来是共生的，在他对人宽时，实际上对自己是窄的。没有对自己的窄，恐怕他后来也不会成为一代明君！

中国老百姓经常说一句话：拔了萝卜地皮宽。有时候我们心窄，很可能是被一些没有用的东西占满了心，比如嫉妒、怨恨、攀比、夸赞、荣誉、富贵、名利等等。

"宽"，《说文解字》上解释从"宀"，"莧"声。通俗地说就是房屋大得可以长草。《康熙字典》解释"宽"为"爱也、裕也。又舒也"，解释"窄"为"狭也、迫也、隘也"。

人生无处不宽窄，其实，宽不一定就是好，窄也不一定就是坏，就像高低轻重粗细大小无对错好坏一样，尺有所短寸有所长。今天我们常说，要严于律己、宽以待人，实际上说的是，前者的窄是一种美德，后者的宽也是一种美德。武侯祠有副名联："能攻心则反侧自消，自古知兵非好战；不审势即宽严皆误，后来治蜀要深思。"国如此，家亦如此。过来的人有体会，实际许多普通家庭（非普通家庭不在内）日常矛盾多是些鸡毛蒜皮的事：谁做饭多了、谁做饭少了，谁顾家多了、谁顾家少了，等等，其实多大个事？懂得人生无处不宽窄，待人以宽、待己以窄，这些事都会得到很好解决的，换来的是愉快和谐幸福。卢梭说："忍耐是痛苦的，但它的结果是甜蜜的。"也是这个道理。

常人看到的宽也许很窄，常人看到的窄其实很宽。面对宽与窄的抉择时，起作用的恐怕有二：一是品行修养，二是推己及人。

宽窄巷子出名了，不但说的人很多，写的人很多，去的人很多，而且大打宽窄牌子的商品似乎也多了起来。比如这一两年来忽然冒出的一种名为"宽窄"的烟，据说价格不菲，已成为一种身份的象征。我虽然也和有身份的朋友在一起时品吸过，但终究没有品出个特别的味道来，也没有产生出特殊的文化情感和特别的文化兴致。也许是因为和商品的兼容，任何东西都比文化甚至更高层面的哲学来得快、更合身吧！这是个题外话，另当别论，不能展开了。

宽窄巷子很好，但宽宽窄窄的哲学，真不是我等俗人说得清楚的！

2018 年 11 月 11 日

蝙蝠的命运

这种名为新冠肺炎的病毒还在肆虐，它到底源于何处，如今还没有一个确切的说法。但开始时专家把它指向蝙蝠，虽然也有人持不同意见。这种先入为主的看法，我怀疑已根植于大众，于是便担心疫情过后蝙蝠的命运。

蝙蝠是个什么东西？随便查查资料便会一目了然：蝙蝠类动物全世界共有16科185属962种，中国大约有7科30属120种，不是最多的国家，而且还在减少；这种动物自带很多病毒，但不直接传人（其实我觉得，有些动物的所谓病毒那是人的定义，对动物也许是种保护，比如眼镜蛇吐出的汁液对人是剧毒，对它是生之必需）；它对人类有很大益处，光是捕食蚊虫就贡献惊人；随着社会进步环境改善，适合栖息的地方消失，它的日子越来越不好过，已经进入濒临灭绝、急需保护的序列。

我对这种动物没有恶感，我从小就对它比较熟。

很小时，我们总在悬崖峭壁的缝隙里、无人居住的烂房里、破败不堪的防空洞里和它相遇。我们也曾把它抓来，当玩物一样地玩。

我记得第一次抓到它，还以为是一种特殊的鸟，兴冲冲拿来给大人看，被告知这是"夜蝙蝠"。从此，我知道了蝙蝠。而且大人告诉我，夜蝙蝠是老鼠变的。老鼠不小心吃了盐巴，长出了翅膀，就成了蝙蝠。所以它的习性和老鼠一样，白天休息，晚上出入。

长大后，我又从书里看到过它，对它有了更多的了解，知道了它并非老鼠变的，也知道了它的不幸遭遇：有一次禽兽聚会，蝙蝠也来了，但禽兽都不欢迎它，禽说它是兽，因为它有四条腿；兽说它是禽，因为它有翅膀。如今这则寓言已经写入少儿读物，即使孩子们对蝙蝠也毫不陌生了。

蝙蝠，到底被误解了多少年、孤独了多少年，很难说清楚！

疫情宅家，随手翻书，发现鲁迅先生曾写过一篇文章，名曰《蝙蝠》，真是无巧不成书，先生对蝙蝠亦大有好感。

先生还译过一本名著《小约翰》，里面有段对话非常适合放这里，大概意思说的是两只蘑菇聊天，小约翰听到后说：你们俩是有毒的，蘑菇听见了便问：你说的是人话吧！

蝙蝠，在庚子初春，突然间以这种方式进入几乎所有人的视野并被关注，不知祸兮福兮？

平视人生

"是时候了。好好地做个凡人。不和别人吵架。不需任何解释……一日三餐一个不能少。11点之前睡觉……"这是席慕蓉说的。

我很喜欢席慕蓉的作品,但不喜欢这句话,总觉得她在说这句话的时候,自己把自己当成了一个"不凡的人"。好在尽管自命不凡,总还是明白该好好做个凡人,也就是说,她意识到凡人的日子也是挺好的。

真的,即使你真是富人、名人、高官等不凡的人,也不妨体会品尝一下凡人的日子,不一定那么难过,凡人也有凡人的乐趣和幸福,要不天下那么多凡人怎么过?而且大多数还自得其乐、笑容满面呢!因为凡人有时候挺好。

我查了一下什么是"凡人",给出的答案是:指平常的人,平庸的人;寻常的人、世俗的人;俗人。凡人的麻烦永无终止。

问题大概出在定义(肯定是不凡的人定的)上,可能就像凡人总以为不凡的人没有烦恼一样，不凡的人可能总以为凡人的日子不好过、没意思、麻烦。

其实很多时候，我们自己对自己的感觉和看法不一定是别人的感觉和看法。比如，有人当了官就以为不凡，有人有点吃饭以外的剩余钱就以为不凡，有人开了个车就觉得自己比坐公交赶地铁的不凡。我曾问过一个来找我的作家的尊姓大名、主要从事哪方面的写作，人家很吃惊（可能是吃惊我居然不认识）也很自然地告诉我：我是著名诗人某某某。我还在一次酒桌上问过一个不认识的年轻人，人家也是很自然地告诉我，企业家某某某。除此之外，我还见过自命名师、名医、明星（演员）、名书法家、名模、名导的……只是还没见过自命著名官员的人。在这种时候，我感觉自己很卑微很浅薄很短见，也为自己的孤陋寡闻而自责——人家已经著名我居然不知。过后想又觉得没有必要自责。虽然这种自命好像已经成为当今社会的一种见怪不怪的普遍现象，但我还是觉得这是个人的错觉，也是一种社会的错觉、集体的错觉。著名和不凡不应该自封，很多时候其实别人没拿你当著名和不凡的人。

凡人大概过的是什么样的日子呢？

凡人常人俗人庸人，大概也多是穷人，一般都买不起车，就得走路，就得骑共享自行车，就得挤公交或地铁；也住不到地铁口，那叫黄金地段，只与不凡的人结缘；公交也开不到门口，总得走些路，总得排队购票，总得挤上挤下。其实没什么不好，至少锻炼了身体。即使自认不凡的人偶尔去感受一下也会认为不错的。不要觉得掉面子,有时候是自己把自己看重了,其实别人很清楚,你的不凡和他们没关系。他们不认为你不凡,也没有几个人认识你,认识你的,也不一定总能碰上,碰上了的也不一定想跟你打招呼,实在躲不开了打了招呼的也不一定很在乎,真正在乎你的其实会理解你。

凡人常人俗人庸人,日日大鱼大肉山珍海味白酒红酒的恐怕也不多,而不凡的几乎天天山珍海味大鱼大肉,顿顿白酒红酒,但血压、血糖、血脂也比凡人的不凡;凡人,买不起这些,就得吃粗茶淡饭,就得到农贸市场自己买了做;如果买不起超市的菜,甚至就得找块地,自己翻地,自己撒种子,自己浇水,自己除草,自己采摘。辛苦是有点,但自给自足,安全放心,安静清净,做的又是有氧劳动,没什么不好!

凡人常人俗人庸人,也没有人天天请,也请不起别人,只能一日三餐顿顿在家。其实没什么不好,帮妻子打个下手,给老人夹个菜,和子女互递半个苹果一支香烟,真是这个世界上很美妙的事。而那些不凡的人天天推杯换盏、日日吹吹捧捧不一定幸福。更有自认为不凡的人,总把和名人和领导在一起的照片,反复在微信中推送,其实也多数是你认识名人、领导,但人家根本不认识你。俗话说你认识人家不重要,重要的是人家是否认识你。其实有点无聊。《古诗源》有首短歌说一个人与其掉进人堆,不如掉进河水,掉进河水还有救,掉进人堆就没救了。

凡人常人俗人庸人并不意味着对社会没有贡献。其实你和谐了一个家,就是贡献。家是社会的组成部分。你没做过一丁点危害社会的事，就是贡献。

估计很多不凡的人其实除了表面比凡人风光，生活中的苦恼也不比凡人少。否则，怎么会说"该过凡人的日子"呢！

杨绛先生说："无论人生上到哪一层台阶，阶下有人在仰望你，阶上亦有人在俯视你。你抬头自卑，低头自得，唯有平视，才能看见真实的自己。"平凹先生也说过类似的话："人活在世上，好像什么都能干，其实一个人能扭动的，也只是锁孔那么大个空间。"听听有好处！

其实我们绝大多数人都是凡人，我以为凡人的共性是：父母生的，吃五谷杂粮长的，吃饭靠嘴拉屎靠腚，不睡觉不行，要生病要死亡，不能一挥手就改变世界。如果有人不具备上述特点，哪怕是一点，那才可以称之为不凡。

如果社会真是由不凡的人与凡人组成的，那也应该互相理解而不是鄙视，否则谈不上和谐！

自命不凡是个贬义词，之所以是贬义，是因为这种不凡是自命的而不是他命的。

其实，当你自以为自己不凡并告诉大家的时候，你还不凡吗？

后　记

  我出版的第一本散文集，名为《行走的达兰喀喇》。这本散文集收录的作品跨度比较大，最早的写于1987年，出版时间是2017年底。这与我的出版计划比是大大提前了的。提前的原因当然是因为我2016年底调入了四川省作协。我不但结识了很多名家名作文朋诗友，自己也成了其中一员，成了中国作协的会员，而且还是全委会委员；我不但有了较为充足的时间，而且有了一个从来不曾有过的创作氛围；谈创作谈出版不再是茶余饭后、业余爱好，而是工作的重要组成部分，成了和作家们拉近距离加深感情的必需。这本书就是在这种情况下"被迫"出版的。尽管是这样，出书前仍很忐忑，不知道是不是见得了人，是不是会成为笑柄。后来有朋友同事鼓励，又介绍了四川文艺出版社，很快就出版了。出版后虽然朋友们都说不错，也有朋友写评论为我摇旗呐喊，但我心里依然打鼓：像我这类书，印了那么多，出版社会不会赔？直到今年5月，出版社告知我要加印《行走的达兰喀喇》，我才如释重负，也才觉得可以出第二本集子了。

第二本集子的大部分作品写于2018年至2019年期间，这两年是我走出学校后读书最多的两年。尽管这和自己作品的好坏没有多大关系。这两年也是我写东西最多的两年，居然超过了十六万字。写下这些东西的时间大多是周末和夜晚，还有出差途中的车船飞机上，工具完全是手机。这本集子的内容就来自其中，而且大多公开发表过。

我把书名定为《少点精致的俗相》，这是其中一篇作品的题目。这句话，来自铁凝先生的一篇文章。

那是2017年吧，我读铁凝先生的书，当我读到这句话时，一下子就怔住了。"少点精致的俗相"，多么契合这个时代、契合每一个阶层、契合每一个人！不同程度的俗相从来就有，但"修炼"得如今这样精致是不曾有的。醍醐灌顶，我打了一个大大的激灵。我只能合上书闭上眼慢慢地咀嚼回味。几年过去后，这句话深深刻进了我的灵魂。从那时起，我时时处处不忘检点自己的俗相，检点这种俗相到底精致到了什么段位。我也时时处处不忘打量别人的俗相。我甚至决定，下一本散文集一定用它作书名。

和上一本比，这一本显然要好得多。当然这只是我个人的看法或意愿，谁还能说自己的东西越来越差呢？

也许是这点小小的自信使然吧，我竟想到托我的朋友李子白请平凹先生题写书名。平凹先生是大作家、中国作协的副主席，我是中国作协全委会委员，算起来也是年年至少要见一次面，有一年还在会场合过影。子白兄是作家，也是书法家，更是个热心人，不久就回话说，平凹先生开完"两会"回来就写，写好就寄来。我是个业余书法爱好者，这次想到让平凹先生题写书名，其中就有十分喜欢他的书法的情缘。

卖狗肉挂羊头算是中国的传统文化吧，不但遍及各行各业，也盛行于文学界。于是这本书在用了铁凝先生的妙语做书名、平凹先生的书法做装潢之后，索性再麻烦阿来先生为它作个序，也算把羊头挂到极致。何况阿来在为我的第一本散文集作序时就对我的第二本书有过期待呢！虽然我知道他的时间十分金贵。我能做的，只是像上次一样说声谢谢！

还要感谢编发过我的稿件的《人民日报》《人民文学》《中国作家》《钟山》《青年作家》《草原》《天津文学》《华西都市报》以及封面新闻等杂志社、报社的编辑们，因为这个集子里的不少作品都曾在报刊发表过，这给我的整理校对节约了大量时间，少付了不少劳动。同时也要感谢责任编辑周轶。

最后要感谢从开头一直读到此处的每一位读者、评论家，可能你们已经发现确实并非"狗肉"，但仍然希望你们提出十分宝贵的意见和建议，这样你们看到的下一本书，就会比这本还好！

2020 年 6 月 6 日凌晨